MÉMOIRES

D'UN

PETIT SERIN

Paris.—Imprimé chez BONAVENTURE, DUCESSOIS et Cie,
55, quai des Grands-Augustins.

Je reposais dans les mains de Juliette.

SERIN.

MÉMOIRES

D'UN

PETIT SERIN

PAR

Mme G. SAINT-AMÉ

PARIS

J. VERMOT ET Cie, LIBRAIRES-ÉDITEURS

33, QUAI DES AUGUSTINS, 33,

1865

MÉMOIRES

D'UN

PETIT SERIN

I

Je suis né dans une pauvre petite chambre
sous les toits. Ma cage était laide et raccom-
modée en plusieurs endroits ; je ne voyais pas
tous les jours le soleil, car la seule fenêtre de
la pièce que j'habitais était presque tournée
vers le nord. Cependant, ma famille et moi,
nous ne manquions de rien.

Notre maîtresse était une pauvrevieille fille,
infirme et tout éclopée, assistée par la charité.
Elle ne pouvait sortir de chez elle qu'à grand'-
peine, pour aller à l'église le dimanche ; le
reste de la semaine, elle demeurait au logis.

1

Elle élevait des oiseaux qu'elle vendait ensuite tant bien que mal, cherchant ainsi à augmenter un peu les faibles ressources que la bienfaisance lui fournissait.

Elle était douce et bonne dans sa misère, et, malgré ses intentions de trafic à notre égard, elle nous aimait, nous caressait, comme si elle eût dû nous garder toujours.

Mon père et ma mère étaient deux beaux serins hollandais; ils nous avaient dotés tous les quatre (car j'avais trois frères de la même couvée) d'un joli plumage bien brillant, et d'un gosier remarquablement habile. A l'âge de trois mois, je charmais tout le quartier par mes chants mélodieux; il n'était question, dans le voisinage, que de mes roulades si douces, si perlées. J'étais sensiblement le préféré, car j'étais aussi le mieux doué et le plus intelligent. Je m'étais tout à fait apprivoisé, et, mieux que mes frères, je venais facilement sur le doigt de Marianne (ainsi se nommait notre maîtresse), aussitôt qu'elle faisait entendre le cri d'appel auquel nous étions accoutumés.

Un jour que notre cage était bien installée à la fenêtre, toute couverte de frais mouron; que nous avions un biscuit nouveau, et que, mes frères et moi, nous nous poursuivions de bâton en bâton, heureux comme des rois! notre habitation fut tout à coup décrochée de sa place habituelle et placée sur une table dans la chambre. Une dame et sa petite fille causaient avec Marianne, et c'était de nous dont il était question : notre maîtresse vantait notre mérite ; elle nous prit l'un après l'autre pour nous faire admirer. La dame rendait justice à toutes nos qualités ; il n'y avait rien à dire à notre vive couleur d'or, à notre forme belle et gracieuse, à notre éducation distinguée ; mais elle eût voulu nous entendre chanter, et la vue de visages étrangers nous rendait muets et craintifs.

Cependant, tous ces éloges qu'on faisait de nous flattaient mon amour-propre. La petite fille, qui s'appelait Juliette, ne cessait de s'extasier sur notre gentillesse ; elle désirait extrêmement qu'un de nous vînt aussi sur sa main. Mes frères se sauvaient, ne voulaient pas se laisser prendre : c'était du reste l'avis de mon père et de ma mère. Ils nous assuraient que, malgré la pauvreté de notre vieille maison, nous ne serions jamais si bien que réunis tous ensemble chez Marianne.

Je dois avouer que, dans ce moment, un vif mouvement d'orgueil s'empara de moi, et que je trouvai mes frères fort sots de se laisser ainsi persuader de fuir la fortune qui venait à nous. Je voulus, au contraire, me faire remarquer : j'étalai mes plumes, battis des ailes et me laissai saisir par la fillette, qui, charmée de ma douceur, me plaça dans sa main.

Les éloges, les flatteries recommencèrent de plus belle. Fier alors de tous ces compliments, et voulant combler la mesure de l'admiration que j'inspirais, je me mis à chanter mes airs les plus beaux. Pour le coup, Juliette ne résista pas davantage à son envie.

—Oh ! chère demoiselle Marianne, est-ce que vous ne pourriez pas me céder celui-là ? Je serais si heureuse de posséder un si charmant oiseau !

—Ce sera avec bien du plaisir, mademoiselle, lui fut-il répondu.

Mais la maman, madame de Cérisoles, ne se souciait pas d'accorder à sa fille la permission de faire cette emplette.

— Comment trouveras-tu le temps de t'occuper d'un oiseau ? lui dit-elle ; à peine si tu viens à bout, dans la journée, de faire tes devoirs à leur heure. Tu n'es jamais prête lorsqu'il faut sortir. Ce surcroît de besogne ne te paraît rien aujourd'hui, mais quand le premier moment sera passé, quand tu auras, chaque matin, à veiller à tous les besoins de ce petit être, ne te lasseras-tu pas, ma chère ? Rappelle-toi ton inconstance et combien tes jouets les plus aimés sont vite mis de côté.

—Oh ! mais, maman, répondit-elle avec empressement, ce n'est pas la même chose : un jouet se casse, s'abîme ; mes poupées elles-mêmes sont toujours pareilles ; elles ne peuvent me présenter aucune variété d'un jour à l'autre ; tandis que ce cher petit, vois comme il est vif, remuant, gai ! Je sens que si je le possédais dans ma chambre, je travaillerais avec bien plus d'entrain. Serait-il possible d'être jamais maussade vis-à-vis d'un si joyeux compagnon ? Je serais si contente de l'entendre chanter pour moi. Quelle différence avec mes froides poupées ! Maman, chère, chère maman, ne me refuse pas, je t'en prie ; laisse-moi l'emporter ; je serai la plus heureuse petite fille qui soit au monde.

On m'avait remis dans ma cage, et j'écoutais attentivement ces supplications. J'étais très-flatté d'entendre combien mademoiselle Juliette avait envie de m'avoir pour ami ; je lui trouvais bon goût de me préférer à mes frères ; je l'aimais déjà, et, tout en regrettant bien un peu de quitter ma famille et ma maîtresse, je ne pouvais m'empêcher de souhaiter vivement un départ qui devait me faire connaître le monde que j'ignorais, et où je supposais devoir continuer à inspirer le même enthousiasme par mon gosier et mon savoir-faire.

Enfin, madame de Cérisoles se laissa attendrir par les prières de sa fille et lui permit de faire l'acquisition dont elle avait tant envie. Il fut convenu que le lendemain on achèterait une cage et qu'on viendrait me chercher, à condition que les devoirs de tous les jours ne souffrissent pas de ma présence, et que personne n'eût à s'occuper de moi, chacun à la maison ayant sa besogne tracée. Juliette promit tout; elle priait même que nul ne se mêlât de l'aider, tant elle aurait de bonheur à veiller seule sur *son amour d'oiseau*.

J'attendis le jour suivant avec impatience; le temps me sembla d'une longueur interminable : je ne songeais qu'à l'événement qui allait changer ma destinée. Le biscuit, mon régal habituel, me paraissait fade, le mouron n'était plus frais, je trouvais mes frères d'une turbulence insupportable, notre cage étroite, vieille et sale. Quant à mon père et à ma mère, je pensais, oubliant leurs tendres soins alors que j'étais tout petit, qu'ils s'occupaient si peu de moi maintenant, que je ne leur manquerais nullement et que je n'avais pas beaucoup de raisons pour les regretter. Marianne voulut, comme à son ordinaire, me prendre dans sa main pour m'embrasser et me caresser un peu en pensant à mon départ prochain. Moi, son élève protégé, ingrat, je trouvai alors qu'elle était brusque, qu'elle me serrait trop fort, et, lorsqu'elle m'approcha de son visage, je m'aperçus pour la première fois qu'elle était vieille et laide et que son haleine n'avait pas la douceur de celle de ma nouvelle maîtresse.

Toutes mes pensées étaient tournées vers l'avenir, vers tout ce que j'y rêvais de joie, de luxe et d'amour !

Le matin arriva pourtant, comme tous les autres jours ; ma première idée fut pour le départ qui, je l'espérais, ne devait plus tarder beaucoup. En effet, de bonne heure, je vis arriver un domestique portant une jolie cage blanc et or ; tout y était éclatant de fraîcheur et d'élégance. Je n'eusse rien pu imaginer d'aussi splendide : les carafes en cristal contenaient l'eau limpide qui m'était destinée, toutes les friandises les plus délicates étaient étalées de tous côtés en mon honneur. Ravi, charmé, j'aurais voulu m'élancer à travers les barreaux de ma vieille maison pour la quitter plus vite.

Enfin, Marianne vint me prendre et me plaça dans mon séduisant palais.

Mes frères, sur le seuil de la porte que je venais de franchir, regardaient mon ravissement, peut-être avec un peu d'envie, mais ils ne disaient rien ; moi, trop enivré de mon bonheur, je ne leur donnai ni une pensée ni un regard. Ce ne fut que plus tard que je me rappelai ces détails. Tout entier au moment actuel, je m'occupais à lisser mes plumes, à me *faire beau*, afin d'être digne de ma nouvelle vie et des hauts personnages auxquels j'allais être présenté.

Le domestique, pendant ce temps, se reposait et causait avec Marianne. J'appris, en l'écoutant, ce qu'étaient mes maîtres ; mais je trouvais cette conversation bien longue. Enfin, se levant, il dit adieu, prit ma cage et partit.

Que dirai-je de mon enchantement, quand je me vis dans la rue et que je pus apercevoir tant de choses nouvelles dont, jusqu'alors, à notre pauvre fenêtre de mansarde, je n'avais entendu que le bruit ?

Tout, à la vérité, se brouillait un peu dans ma tête; le brouhaha qui me plaisait d'en haut me semblait d'en bas un peu trop fort, et le balancement que me faisait éprouver la marche saccadée de mon porteur ne m'était pas aussi agréable que je cherchais à me le persuader; mais je savais que cela ne devait pas durer, et j'avais un courage à toute épreuve.

II

En arrivant à la maison que je croyais devoir être à l'avenir mon univers, la première personne que j'aperçus fut Juliette, qui était venue guetter mon arrivée au bas de l'escalier. Elle avait appris ses leçons de la matinée avec tant d'application qu'il lui avait été possible de les réciter une demi-heure plus tôt que de coutume. Elle s'empara de ma cage avec transport, et, malgré les observations qu'on lui fit, voulut me monter elle-même pour m'apporter en triomphe jusque dans le salon, où elle plaça ma cage sur un guéridon de marbre. Là, elle m'exposa aux regards de chacun : jusqu'aux domestiques, tout le monde fut admis à m'admirer.

J'étais vraiment alors un très-joli petit serin ; il eût été difficile de trouver mon pareil. Une charmante huppe grise ornait ma tête ; ma queue était si longue, si gracieuse, qu'elle doublait ma bonne grâce et ma tournure distinguée. De plus, mes manières affables, caressantes, ne pouvaient manquer de plaire, et, lorsqu'on me vit monter sur le doigt de Juliette, lui prendre entre ses lèvres une légère miette de sucre avec mon bec délicat et fin, puis, comme pour la remercier, en rentrant dans ma cage, me mettre à lui gazouiller un petit chant bien doux, je fus acclamé de toutes parts.

Lucien, le frère de Juliette, me prit à son tour pour me mieux voir ; il me fit recommencer avec lui une partie des exercices que je venais de faire. Il était charmé de mon intelligence et faisait déjà des projets pour perfectionner encore mon éducation... Mais ma tyrannique petite maîtresse, dans son amour exclusif, lui déclara nettement que c'était bon pour une fois, mais qu'elle entendait s'occuper seule de moi, parce qu'elle ne voulait pas que son favori connût plusieurs maîtres et qu'il obéît à tout le monde.

—Oh ! mademoiselle Juliette, se mit à dire sa vieille bonne, qui l'avait élevée, prenez garde, ne vous avancez pas trop; on ne voit jamais le bout d'une besogne qui recommence tous les jours. Un moment pourrait venir où vous seriez bien aise que quelqu'un vous aidât à le soigner! Puis il n'y a telle admiration qui ne diminue avec le temps.

—Non, je t'assure, Christine, je ne veux souffrir l'aide de personne.

M. de Cérisoles entrait au salon à l'instant où sa fille prononçait ces mots.

—Vous entendez tous la volonté formelle de Juliette, dit-il alors gravement; j'exige qu'elle soit observée à la lettre. *Personne, sous aucun prétexte, ne s'occupera de cet oiseau, quelque besoin qu'il puisse en avoir.*

—Oh! papa, reprit la fillette tout émue, je vous assure qu'il ne manquera jamais de rien et n'inspirera de compassion à qui que ce soit.

—Je le désire, ma chère, continua le père, et pour toi et pour lui, le pauvre petit; mais, tu m'entends, j'entre complétement dans ta pensée : tu seras seule maîtresse absolue de lui. Tâche d'être digne de cette position. C'est quelque chose de grave pour une petite fille de dix ans que de se charger *seule* de l'existence d'un être captif, qui est par conséquent dans l'impossibilité de se suffire à lui-même.

Tu sais que je n'aime nulle espèce d'escla-
vage, même pour un oiseau. C'est toujours
une triste chose, à mon avis, de prendre son
plaisir dans l'assujettissement d'une pauvre
créature prisonnière. Fais en sorte, mon
enfant, de n'avoir jamais à regretter cette
domination souveraine que tu es si flattée
d'exercer aujourd'hui. Souviens-toi que la
responsabilité de tout pouvoir enchaîne plus
ou moins celui qui l'exerce. Tu t'en apercevras
probablement. Je te préviens, cependant, que
je me réserve, dans cette occasion, le rôle de
la Providence, en veillant de loin sur la manière dont tu vas gouverner ton élève. Rappelle-toi que je ne souffrirai pas de victime
dans ma maison.

—Mon Dieu, papa, comme tu me dis cela
gravement, repartit la pauvre Juliette tout
interdite et presque les larmes aux yeux; tu
as donc bien mauvaise opinion de moi?

—Non, chère mignonne, mais je crains que
tu ne sois un peu bien légère pour entrepren-
dre une pareille tâche. Je connais ton bon cœur;
cependant je n'ai pas encore une haute idée
de ta persévérance. Je sais bien que souvent on
attache peu d'importance au sort d'un pauvre
oiseau ; mais je trouve cette manière de penser

mauvaise et injuste. Ce petit être a son droit de vivre et d'être heureux ; Dieu ne l'a créé que pour cela, et l'homme ou l'enfant qui usurpe le droit de l'enfermer, pour son seul plaisir, est responsable de son bonheur et de sa vie ; il ne faut pas qu'il prenne cet engagement sans y avoir réfléchi. Maintenant que te voilà bien avertie, si tu persistes dans ta volonté, sois entièrement maîtresse de ce gracieux petit hôte, car il est impossible, en effet, d'en trouver un plus charmant.

—Oui, oui, papa, reprit alors Juliette, il est bien à moi, mon cher petit serin. Tu verras comme il va être heureux ! Ce n'est pas déjà si difficile et si terrible d'avoir soin de lui : nettoyer sa cage tous les jours, lui donner du millet, un biscuit et de l'eau fraîche avec un peu de verdure, qu'est-ce que tout cela ?

—Rien, en effet, ma chérie, ou bien peu de chose, dit la mère à son tour. Cependant, Christine, tout à l'heure, te disait une parole très-vraie : une besogne qui recommence tous les jours est sans fin. Attends-toi donc à quelques sacrifices à faire de temps à autre pour ton cher favori ; c'est le plus sûr, pour n'avoir pas de mécomptes.

—Eh bien ! maman, ajouta la petite fille

d'un air résolu, j'en serai contente, vois-tu; il me semble que je l'en aimerai davantage.

En disant ces mots, Juliette m'avait repris dans sa main et me couvrait de tendres baisers.

J'écoutais ses paroles avec ravissement, et vraiment je l'aimais aussi de tout mon cœur. J'étais résolu à être toujours avec elle le plus soumis et le plus attaché des oiseaux, et je faisais mille projets d'étude pour assouplir mon gosier et moduler mes chants d'une façon encore plus douce, afin de lui plaire chaque jour davantage.

Après avoir bien embrassé son père et sa mère, en signe du pacte convenu pour mon heureux sort, ma chère petite maîtresse emporta ma cage et moi dans sa jolie chambrette.

Elle était gaie et toute blanche, cette chambre de l'enfant; des rideaux de mousseline brodée entouraient son lit mignon et abritaient sa croisée, dont de vertes persiennes éloignaient les rayons trop brûlants d'un soleil d'été. Deux vases de fleurs étaient posés sur une cheminée en marbre blanc, de chaque côté d'une délicate pendule d'onyx.

Cette vue me remplit de joie, car cette adorable petite demeure allait être la mienne aussi, et je la trouvais tout à fait de mon goût. J'étais heureux autant que serin du monde peut l'être; car c'était à ma beauté, à mon seul mérite que je devais mon bonheur, et, je l'ai déjà confessé, j'étais très-orgueilleux de l'un et de l'autre.

Ma cage fut placée devant la fenêtre, dans une jolie jardinière en palissandre, et Juliette, qui avait terminé sa tâche de la journée, se plaça près de moi. Elle chantait et me regardait avec admiration. Puis, prenant sa poupée, elle choisit dans son armoire les vêtements élégants qu'elle voulait lui faire porter ce jour-là : « Car il faut, dit-elle tout haut, que ce soit aussi fête pour ma chère Isabelle. » (C'était le nom de la poupée, ma muette rivale.)

—Je vais avoir maintenant bien à faire *chez moi*. Maman ne me grondera plus d'être dans l'inaction, causant avec la femme de chambre, chose qu'elle déteste; ou, par désœuvrement, perdant une heure à la fenêtre à regarder sottement les passants. Mon cher petit oiseau ! il sera cause de tout mon bonheur !

Pendant tout une semaine, les choses continuèrent à se passer ainsi. Ma maîtresse n'é-

Chaque matin elle ouvrait la porte de ma cage.

SERIN.

tait complétement heureuse que près de moi.
Chaque matin elle ouvrait la porte de ma
cage : je voletais de tous côtés, me posant de
temps en temps sur son épaule, pour recevoir
une caresse, becquetant à mon tour le bout
rose de sa gentille oreille, et tiraillant en
jouant une boucle de ses cheveux dorés. Puis
je rentrais dans mon palais aérien, la remer-
ciant à ma façon par mes chants joyeux.

—Quand je pense, disait-elle quelquefois,
que papa appelle cela une vie d'esclave! Vraiment, chacun voudrait bien être esclave de
cette manière! Pauvre cher mignon, va,
ajoutait-elle, je veux que tu sois la bête la
plus heureuse du monde entier.

Pour se donner ce plaisir du *chez elle*, Juliette était alors d'une activité sans pareille.
Les leçons, apprises dès le matin, étaient réci-
tées sans faute, aussitôt le lever de madame
de Cérisoles; les devoirs étaient faits avec la
même application, avec assiduité, sans arrêt,
sans nonchalance, et, par conséquent, infiniment mieux qu'auparavant. Tous les maîtres
témoignaient leur satisfaction, et leur jeune
élève était la plus fêtée des enfants.

III

Le bonheur parfait n'est pas de ce monde.
Heureux ceux à qui il a été donné de le goûter
un instant !

Juliette, qui avait fait un grand effort de zèle,
commença à diminuer d'ardeur : le premier plaisir de la nouveauté était passé. Il se livra dans
son cœur un grand combat entre sa bonne volonté de continuer à satisfaire ses parents, son
amour pour moi, et sa nonchalance et sa paresse habituelles. Hélas ! ce fut la paresse qui
remporta la victoire ! Dès ce moment, les travaux de chaque jour se firent plus mollement ;
Juliette recommença à s'interrompre dix fois
en écrivant une page ; les devoirs s'en ressen-

tirent, les dictées se remplirent de fautes; les professeurs cessèrent leurs louanges, se fâchèrent; puis, enfin, il fallut revenir aux punitions. Elle eut des copies à refaire, cela lui prit tout notre temps de liberté. Pauvre Juliette! je la vis pleurer; mais aussi pauvre moi! Je dus dire adieu à ces heures si joyeuses que nous passions ensemble; il fallut m'habituer à vivre seul, pour ainsi dire, toute la journée. Quand je la voyais, c'était presque toujours avec un air d'humeur peint sur sa gentille figure. Aussitôt qu'elle entrait dans notre chambre, je m'empressais de lui faire fête, et, comme elle m'aimait encore beaucoup, je parvenais assez vite à l'égayer par mes chants et mes petites mines les plus drôles. Notre bonheur reprenait un peu, mais pas pour longtemps : elle devait aller étudier sa musique; car le bon Dieu ne la lui avait pas, comme à moi, apprise naturellement; et, comme elle la travaillait mal, sans application, elle ne faisait pas de progrès, et elle n'éprouvait que de l'ennui devant son piano. Pauvre petite! comme je la plaignais. Oh! si j'avais pu parler, comme je lui aurais conseillé de reprendre sa première vie qui nous rendait si heureux tous les deux. Mais je ne savais que chanter, et elle ne comprenait rien à ce que j'essayais de lui dire.

Je ne sortais plus de ma cage; mes charmantes promenades par la chambre avaient été supprimées ; car, après ma rentrée, il était nécessaire que ma maîtresse remît tout en ordre, rangeât les rideaux et eût le temps d'épousseter les meubles que je salissais bien toujours un peu; ses récréations n'étaient plus assez longues pour cela. Ce fut pour moi une grande privation que celle de ce bonheur de secouer mes ailes en liberté; mais je dus me résigner à n'en plus jouir que le jeudi et le dimanche matin. Ces jours-là, par exemple, étaient encore de beaux jours. Juliette parait ma cage avec soin et renouvelait toutes mes provisions. Les autres matinées, trop pressée, elle ne s'occupait de moi qu'à la hâte, oubliant une partie des choses dont j'avais besoin, afin de descendre plus promptement à son jardin. Je ne pouvais m'empêcher de remarquer, avec un sentiment de jalousie, qu'elle avait repris goût à ses fleurs et commençait à me délaisser pour elles.

Un jour du mois de mai (ce fut pour moi une triste date), la cousine Louise, dont j'avais souvent entendu parler, arriva à la maison.

Elle amenait avec elle un petit chien noir à longues oreilles pendantes, qui venait de lui être donné. On le nommait Black. Il portait un éclatant collier de maroquin rouge. C'était, je dois en convenir, un charmant petit animal. Il était assez bien élevé et possédait toutes sortes de talents remarquables : il rapportait, donnait la patte, faisait le mort, montait la garde, etc., etc. L'engouement pour lui fut immense. Les deux cousines ne s'occupaient plus que de lui plaire. Il restait bien peu de loisir à Juliette pour penser à moi. J'avais beau chanter, mes roulades n'avaient plus l'art de la charmer ; c'était à peine si elle me regardait un instant, puis elle courait caresser Black. Cependant, le premier jeudi après son arrivée, j'eus encore le plaisir de sortir par la chambre. Juliette et Louise s'amusaient à me regarder voleter et revenir au premier appel de ma maîtresse. Mais ces évolutions attirèrent l'attention du chien favori, qui se mit à japper après moi. Ce bruit inaccoutumé m'effraya, je perdis la tête, et, en me sauvant de tous côtés, moi, toujours si adroit, qui jusqu'alors n'avais occasionné aucun dégât, je vins me poser tout essoufflé sur un des vases de la cheminée et le renversai à terre avec ses fleurs. Il fut brisé en mille morceaux. Juliette, désolée, se fâcha contre moi et me renferma de suite, me prodiguant les épithètes les plus humiliantes. Il fallut réparer le désordre, éponger l'eau, ramasser les débris de porcelaine et les fleurs. Tout cela indisposa ma maîtresse. Elle regrettait fort son joli vase de Chine. Ce fut mon coup de grâce.

Les deux cousines décidèrent immédiatement que ces sorties de ma cage avaient mille inconvénients, et que, dorénavant, je resterais enfermé.

Je sentais ma faute et me taisais; j'étais triste au 'possible, non-seulement de la perte de mon plaisir le plus aimé, mais surtout de la colère de ma maîtresse dont je voyais la tendresse diminuer pour moi de jour en jour.

Louise devait rester un mois entier chez sa tante, partageant les leçons et les plaisirs de sa cousine. Juliette était ravie de cet arrangement. Quant à moi, à cette nouvelle dont elles se réjouissaient ensemble, mon cœur se serra; il me sembla que ce séjour devait me devenir fatal. Hélas ! c'était un triste pressentiment.

Bientôt les récréations ne se passèrent plus dans notre gentille chambrette, mais au jardin : le chien s'ennuyait à la maison; il avait besoin d'air, d'espace, les deux jeunes filles aimaient à courir avec lui et le trouvaient de plus en plus charmant. Pour moi, pauvre abandonné, je restais seul toute la journée; ma jolie cage ne me flattait plus, et les friandises qu'y mettait Juliette de temps en temps ne me paraissaient plus appétissantes.

Plusieurs fois, il faut en convenir, elle essaya de retenir Louise près de moi, cherchant à lui faire admirer mes grâces.

—C'est vrai, lui répondait celle-ci, il est assez drôle; mais que veux-tu? je ne saurais en vérité m'amuser à regarder longtemps un oiseau sauter dans sa cage. Puis, un *serin,* ma chère, réellement y a-t-il quelque chose de plus commun? Toutes les portières ont le leur. Je ne conçois pas que tu te sois ainsi affolée d'un semblable volatile! Il faut laisser cet amusement aux vieilles cuisinières retirées.

Juliette, un peu humiliée de ce discours qui la faisait rougir du choix de ses affections, me jeta cependant encore un regard de regret et partit.

Ce fut alors que je me jugeai tout à fait malheureux. Si Dieu m'eût donné la faculté de pleurer, j'eusse éclaté en sanglots. J'étais offensé dans mon orgueil et dans mon cœur;

moi, si fier de ma beauté, de mes talents! Tout cela venait d'être compté pour rien! Il était honteux de s'occuper de moi! Je ne pouvais tout au plus être bon qu'à faire pendant au chat de la portière!

Je détestais Louise de toutes mes forces; si j'avais possédé de redoutables griffes, j'aurais été bien heureux de me venger en lui laissant sur la figure les marques de ma colère. Et Juliette que j'aimais tant! Juliette qui m'avait prodigué naguère de si tendres caresses, qui devait me chérir toujours, toujours! Il y avait à peine trois mois que je lui appartenais, et elle me laissait injurier sans me défendre et m'abandonnait ainsi!

Ma maîtresse ne revint dans sa chambre que le soir assez tard; elle n'eut que le temps d'accrocher ma cage à sa place et redescendit au salon en courant.

Le lendemain, de très-grand matin, les jeunes filles se levèrent promptement. Je compris, à leur conversation, qu'elles avaient commencé un travail de jardinage qui les occupait beaucoup; c'était, je crois, un banc de gazon qui devait être orné de fleurs. Elles se faisaient aider par le jardinier, qui exécutait leur plan. Juliette, enthousiasmée plus que sa compagne encore, ne pensait plus à rien autre chose. Dans sa nouvelle préoccupation, elle m'oublia complétement, fit sa chambre à la hâte, car il était de règle de ne la jamais quitter en désordre; mais elle ne prit pas le temps de m'enlever de l'endroit sombre où j'avais été placé pour la nuit. Je fus oublié tout le jour. Le soir, elle n'entra chez elle qu'un instant, afin de rajuster sa toilette pour le dîner, et ne porta pas seulement les yeux de mon côté; elle était en retard et repartit de suite.

Comme les deux amies s'étaient beaucoup fatiguées au jardin, elles se couchèrent de bonne heure, dormirent tout d'un somme et furent bien surprises de ne se réveiller que très-tard le jour suivant. Les divers arrangements du matin se firent au galop, et elles les terminaient à peine quand elles s'entendirent appeler pour le déjeuner de famille. On descendit précipitamment, afin de n'être pas grondé. Seul je pâtis de ce retard ! C'était le troisième jour que Juliette ne me donnait rien; mes mangeoires étaient vides, mon biscuit terminé; je n'avais plus une goutte d'eau, tout me manquait.

Je souffrais cruellement de la faim; mon gosier était sec et brûlant, mes plumes se hérissaient..... J'étais malade, et personne ne prenait pitié de moi. Je pénsai alors que j'allais mourir, et je n'éprouvais pas de regret ; il me semblait qu'il serait hcureux pour moi de quitter l'ingrate Juliette. Mes souvenirs se reportèrent, à cette heure, vers le temps de mon heureuse enfance ; je me rappelais mon père, ma mère, les soins qu'ils m'avaient donnés, l'amitié de mes frères, nos joyeuses cabrioles dans notre pauvre vieille cage..... Je me reprochais le plaisir coupable avec lequel je les avais tous quittés, enivré par l'idée d'une vie luxueuse dans une brillante habitation. « Voilà ma punition, pensai-je. Je me suis laissé séduire par la vanité ; j'ai laissé sans regret ceux qui m'aimaient, et les étrangers qui nc m'avaient pris que comme un jouet m'oublient lorsque leur caprice est passé. Ce n'était pas ainsi que me traitait Marianne. »

Regrets inutiles ! j'étais loin d'eux tous, et aujourd'hui je m'en allais probablement mourir seul avec mon repentir inutile et tardif.

Je me blottis dans un coin de cette belle cage dorée, où j'étais entré si glorieux et si fier, et, sentant mes forces diminuer à tout instant, j'attendis résigné, sans me plaindre davantage, la fin de ma destinée.

IV

Tout à coup, un léger bruit se fait entendre;
la porte de la chambre s'entr'ouvre doucement, et j'aperçois la vieille bonne Christine
regardant attentivement autour d'elle. Ne
voyant personne, elle s'avance enfin vers moi,
et, touchée de mon piteux état :

—Pauvre petit malheureux ! s'écria-t-elle,
je pensais bien que mademoiselle Juliette le
négligerait avant peu. Voici qu'il est presque mort ! Ce que c'est que trop de confiance en soi. Elle a beau avoir bon cœur au
fond, la légèreté et la présomption de cette
chère enfant lui donnent l'apparence d'en

manquer. La voici folle de ses fleurs aujour-
d'hui; mais de quel côté auront tourné ses
affections demain?

Tout en disant cela, Christine m'avait pris
dans sa main; elle me réchauffait de son mieux
et tâchait de me faire avaler quelques gouttes
d'eau, avec un peu de pain émietté, continuant à s'apitoyer sur mon sort.

Tandis qu'elle était ainsi occupée, M. de
Cérisoles, étonné de l'entendre parler dans la
chambre de sa fille, était entré sans bruit. La
pauvre fille resta tout interdite en se voyant
surprise au milieu de ces soins défendus.

—Que faites-vous là, Christine? lui dit-il;
est-ce que je n'avais pas défendu qu'on s'in-
quiétât de cet oiseau?

—Sans doute, monsieur, répondit la bonne;
mais, voyez-vous, lorsque je suis entrée,
cette pauvre petite bête était presque morte,
et je n'ai pas cru mal faire de lui venir un peu
en aide. Mademoiselle Juliette, distraite par
sa cousine, n'a pas le loisir de s'en occuper,
et je voulais y suppléer.

—Quand je donne un ordre, Christine, je veux
qu'il soit exécuté. Vous êtes en partie cause de la
déplorable étourderie de ma fille. Si vous ne l'a-
viez pas habituée à vous voir faire continuel-

lement la besogne qu'elle néglige, elle serait plus soucieuse de ses devoirs. Peu s'en faut que cette légèreté de caractère ne lui paraisse très-excusable, si même elle ne lui trouve pas un certain charme. Il est absolument indispensable, ma chère, que vous changiez de conduite. Je sais bien que vous n'agissez ainsi que par affection pour Juliette et pour lui épargner les chagrins qui seraient la suite immanquable de ses négligences; mais, il y a des affections aveugles qui sont dangereuses et nuisibles à ceux qu'on aime. Si je vous laissais continuer cette manière de faire, ma fille deviendrait une créature égoïste et sans cœur. Je ne tolérerai plus cela à l'avenir. Souvenez-vous, dorénavant, de ne plus vous écarter de la règle que je vous impose, sinon il me faudrait vous éloigner de Juliette jusqu'à la fin de son éducation.

A cette sévère réprimande, la pauvre bonne baissa la tête et se mit à pleurer. Elle comprenait la vérité et la justesse des reproches que lui adressait son maître; elle promit donc une obéissance absolue.

—Maintenant, Christine, reprit M. de Cérisoles, vous allez prendre cette cage et la descendre dans mon cabinet. Donnez à cet oiseau ce dont il a besoin; puis, ne vous inquiétez plus de rien.

Une demi-heure après que ceci s'était passé, j'étais presque entièrement revenu à moi; la nourriture que j'avais prise m'avait ranimé, je n'éprouvais plus qu'un reste d'engourdissement des membres. Cependant, je secouai mes ailes et regardai autour de moi avec inquiétude. Je me trouvais, comme je l'ai dit, dans le cabinet de M. de Cérisoles; on m'avait laissé seul, je n'entendais aucun bruit. Il était nuit et j'étais sans lumière; je n'apercevais les objets qui m'entouraient qu'à la lueur d'un bec de gaz, cette pièce donnant sur la rue. Qu'allait-il advenir de moi?... Je restai là, triste et désolé, un temps que je ne pus mesurer, mais qui me parut fort long. Enfin, la porte s'ouvrit, un domestique apporta des lumières; M. de Cérisoles entra avec un homme ayant l'apparence d'un ouvrier. Celui-ci portait une blouse par-dessus ses vêtements et tenait à la main une espèce de grand compas.

—Entrez, père Courtois, dit le maître de la maison. Je vous ai fait prier de passer chez moi ce soir, votre journée finie, parce que je désire vous faire emporter un cadeau que je destine à votre gentille Agathe. C'est une bonne et sage enfant pour laquelle j'ai beaucoup d'amitié, et je pense que cela lui fera plaisir. Prenez cette cage et donnez-la lui de ma part avec cet oiseau; elle en aura bien soin, j'en suis sûr, et je ne doute pas qu'elle ne le rende très-heureux.

—Oh! merci, monsieur, répondit Courtois avec empressement, merci. Ma fille va être bien enchantée. C'était tout son désir d'avoir à elle une de ces petites bestioles. Mais voici une cage bien élégante pour chez nous; j'ai peur que ce bonheur de notre Agathe ne soit causé par un chagrin de mademoiselle Juliette?

—Que voulez-vous? mon cher Courtois; il en est ainsi souvent dans ce monde : il faut que justice ait son cours. Ce n'est pas le tout que de posséder un bien, on doit être digne de cette possession; à plus forte raison quand cette propriété est une créature susceptible de souffrir de notre négligence, doit-elle changer de maître. C'est ce qui va arriver à ce petit animal, et je suis convaincu que ce sera pour son bien.

En disant ces mots, M. de Cérisoles prit la cage et la remit aux mains de Courtois, qui m'emporta, après avoir salué et remercié encore une fois.

En route, je faisais, à part moi, de tristes réflexions ; je pensais à mon premier voyage, alors que, plein d'espérances, j'étais arrivé chez Juliette ; à la joie que je ressentais ce jour-là, à ma désillusion si prompte ! Puis, enfin, je dois avouer que j'envisageais mon changement de résidence comme une déchéance notable. Je n'étais pas encore guéri de mon sot orgueil. Mon désappointement était grand, en songeant que j'allais habiter de nouveau une vilaine et pauvre chambre d'ouvrier. Puis, malgré son ingratitude, je ne pouvais m'empêcher de regretter Juliette : elle m'avait prodigué tant de caresses ; elle était si jolie, si gracieuse ! Qu'allais-je trouver maintenant ?

Nous ne fûmes pas longtemps en chemin. Courtois atteignit bientôt une modeste maison peu éloignée de l'habitation que je quittais. Là, il n'y avait plus de tapis dans les escaliers, pas de domestiques pour annoncer. Je fermai les yeux : j'avais peur, car il faisait noir. Cependant, quand il eut monté deux étages et ouvert la porte de son logis, la lumière qui éclairait la pièce où nous entrâmes me permit de me rendre compte de la situation.

Une jeune fille, plus âgée que Juliette, accourut à la rencontre de Courtois et vint l'embrasser ; elle paraissait avoir de treize à quatorze ans. Plus grande et plus forte que ma première maîtresse, elle semblait aussi beaucoup plus raisonnable. Courtois, en entrant, m'avait caché sous sa blouse, et la jeune Agathe (car c'était elle), habituée à voir son père rentrer souvent chargé de différentes choses, ne remarqua nullement que ses deux mains n'étaient pas libres, lorsqu'il lui rendit affectueusement son baiser de bienvenue. Elle se retourna donc promptement pour reprendre sa besogne et se dépêcher de mettre le couvert, afin de ne pas faire attendre le souper. Elle étendait soigneusement, sur une table reluisante de propreté, une nappe de grosse toile, mais parfaitement blanche et nette. Son père la regarda faire un instant sans rien dire, puis :

—C'est vrai, mon Agathe, que tu es une bonne et brave fille, s'écria-t-il, et on a bien raison de compter sur ton ordre et sur ton bon cœur. Mais enfin, ajouta-t-il, tu ne regardes pas, petite : je t'apporte un cadeau.

— Un cadeau, père ? reprit-elle en se retournant vivement ; et quoi donc ? et de quelle part ?

—Ah ! voilà ; il faut deviner. Et découvrant

ma cage que, jusque-là, il tenait toujours dans l'ombre, il la posa triomphalement sur le bord de la table.

Agathe devint rouge comme une cerise, ouvrant de grands yeux étonnés et charmés à la fois. La joie l'empêcha d'abord de s'exprimer; enfin, après un moment, elle dit d'une voix toute troublée :

—Cher bon père, qui donc m'envoie cela ? Oh ! n'importe qui, ajouta-t-elle avec reconnaissance, je le remercie de tout mon cœur; il me rend bien heureuse. On ne pouvait rien me donner qui pût me faire plus de plaisir. La charmante petite bête, comme elle est donc jolie ! Et la belle cage ? Oh ! mais quel bonheur ! Mère, s'écria-t-elle, viens voir, viens voir !

D'une pièce voisine, j'entendis alors une voix répondre :

—Tant mieux, mon enfant, si tu es heureuse; quel que soit ton bonheur, tu ne doutes pas que je ne le partage.

Cette voix était si douce, si bonne, pourrais-je dire, que je l'aimai tout de suite. Nous autres, petits oiseaux, rien ne nous charme tant qu'un organe agréable; l'inflexion de la voix humaine a sur notre être une très-puissante influence. Cette personne, que je n'avais pas encore vue, s'empara de toutes mes sympathies à la première audition. Elle parut bientôt : c'était une femme âgée d'une cinquantaine d'années à peu près; elle paraissait souffrante et marchait avec peine. Elle s'enveloppait dans un grand châle tartan. Coiffée d'un bonnet blanc, sur lequel était placé un foulard rouge en marmotte, sa tête, qui, dans la jeunesse, avait dû être belle, ne gardait plus alors qu'une physionomie d'une extrême bienveillance et d'une grande douceur.

En la voyant entrer, Courtois vint à elle, et, lui prenant les mains avec un tendre intérêt, s'informa de sa santé; puis, la menant près de la table, il lui fit voir le présent qu'il apportait à Agathe.

—C'est bien vrai qu'il est beau ce serin, dit-elle d'un air réjoui. Je te félicite, ma chère enfant; voilà ton grand désir réalisé. Tu vois bien qu'il est bon de savoir attendre : le bonheur arrive aux patients. Mais, au fait, continua-t-elle en se tournant vers son mari, raconte-nous donc comment et pourquoi tu te trouves porteur de cette jolie petite bête pour notre bonne Agathe?

—Eh bien ! voici la chose, répondit Courtois en s'asseyant : M. de Cérisoles, que tu connais et pour qui je travaille depuis si longtemps, a vu et remarqué notre fille, alors qu'inspectant l'école, ces années dernières, il prenait des notes sur les bonnes élèves. Depuis que tu as repris cette chère enfant à la maison, pour t'aider au ménage et lui apprendre ton état de dentellière, il s'informe d'elle de temps en temps à la sœur supérieure, qui ne lui donne que de bons témoignages sur son compte, bien entendu ; de sorte qu'il a conservé l'opinion la plus favorable sur notre enfant. Une bonne réputation, vois-tu, fillette, cela nous suit toute la vie et est utile pour tout. Tant il y a que M. de Cérisoles voulant, peu importe pour quelle raison, se défaire de ce petit animal, a songé à notre Agathe. Il pense que celle qui est soigneuse et zélée à sa besogne doit l'être dans tout ce qu'elle fait et pour tout ce dont elle se charge. J'ai donc été prévenu ce soir qu'il désirait me parler, et, aussitôt mon arrivée chez lui, il me donna cette cage avec l'oiseau, me disant qu'il destinait le tout à notre fille ; car, ajouta-t-il, il était convaincu qu'elle en aurait bien soin et le rendrait très-heureux. Ce sont ses propres paroles.

—Et il l'a bien jugée, j'ose le dire, cet excellent homme, s'écria vivement la mère Courtois. Pas vrai, Agathe, que tu la soigneras comme il faut, cette mignonne créature que le bon Dieu t'envoie?

—Bien sûr, mère, j'y ferai mon possible, avec ton aide. J'espère que M. de Cérisoles ne se repentira pas de me l'avoir confiée : je vais l'aimer de tout mon cœur.

—Pourvu, petite, que cet oiseau n'aille pas t'occasionner du chagrin, te faire négliger ton ouvrage, reprit le père Courtois; tu sais que je ne badinerais pas sur ce sujet. S'amuser, se faire aussi heureuse qu'on peut, à la bonne heure; mais le travail avant tout. C'est compris, hein?

—Oui, oui, mon bon père; sois tranquille. J'aimerai beaucoup mon joli serin; mais, ma mère et toi, vous m'avez trop enseigné mon devoir pour que je l'oublie jamais. Puis, n'est-elle pas près de moi, ma mère chérie, pour me le rappeler sans cesse par ses conseils et son exemple?

Un baiser maternel bien sonore vint sceller sur ses joues roses cette convention, et Agathe, pour ne pas commencer par être en opposition avec elle-même, s'empressa de reprendre ses travaux de ménage : elle posa ma cage sur un meuble et continua de mettre le couvert, rangeant symétriquement les assiettes, les cuillers, les couteaux et les verres qui brillaient comme du cristal taillé, tant la jeune et diligente ménagère avait veillé à leur propreté.

V

Tout cela se fit vite, sans que ma nouvelle maîtresse se permît la plus légère distraction, comme de jeter un regard de mon côté, quoiqu'il fût facile de comprendre que l'indifférence n'en était pas la cause.

Lorsque tout fut prêt, le souper fut servi. Agathe, avec sollicitude, aida sa mère à s'asseoir à table. Depuis longtemps, la pauvre femme était atteinte de douleurs rhumatismales et avait toujours grand'peine à changer de place. Heureusement elle était entourée d'affections et, même en l'absence momentanée des siens, les secours des voisins lui étaient assurés.

Pendant qu'on mangeait de bon appétit, moi, n'ayant rien à faire, je me mis à examiner cet intérieur où je venais d'être si bien accueilli, et qui, à première vue, réjouissait le cœur par l'ordre et le soin qui y présidaient. La pièce principale, grande et bien aérée, avait deux belles fenêtres dont les vitres transparentes étaient à demi cachées par de petits rideaux de grosse mousseline blanche. Deux lits jumeaux, placés près l'un de l'autre, ne laissaient entre eux qu'une ruelle étroite. Une grande armoire de noyer, contenant le linge et les effets de la famille, faisait face au jour dont elle reflétait la lumière. La table à manger, qui paraissait servir également de table à ouvrage dans la journée et de bureau le soir, quand le père Courtois avait des comptes à faire, complétait, avec quelques chaises de paille, le mobilier de cette chambre. On voyait, sur la cheminée, une pendule en bois d'acajou recouverte d'un globe de verre sur lequel on ne permettait jamais à la poussière de séjourner, et deux chandeliers de cuivre, qu'on eût pu croire dorés, tant ils reluisaient. Le tout était surmonté d'une glace de petite dimension entourée d'un cadre de bois. Entre les deux lits, et suspendu à la muraille, était un crucifix au pied duquel jaunissait pieusement une branche de buis bénit. De droite et de gauche se trouvaient deux petits cadres entourés d'un cercle noir : l'un contenant la photographie de leur fils en uniforme de chasseur d'Afrique, l'autre une grande croix de la Légion d'honneur voilée d'un crêpe. Je sus plus tard que cette croix avait été donnée au jeune soldat sur le champ de bataille de Solferino, après une action d'éclat qui lui coûta la vie. C'était le drame intime de cette honnête famille, c'était le chagrin rongeur qui minait depuis longtemps la santé de la pauvre mère, qui faisait soupirer Courtois le soir près du foyer, alors qu'il avait le temps de songer que ses forces diminuaient, et que, du haut de ses charpentes, quelquefois sa vue faiblissait. Agathe mettait tout son zèle, employait tout son cœur à adoucir cette âpre douleur; elle y réussissait souvent, et elle espérait, avec le temps, venir à bout de remplacer ce frère aimé, qu'elle regrettait aussi de toute son âme.

Cette chambre, avec une petite cuisine et un cabinet où couchait Agathe, composait tout le logement.

J'augurai bien de ma nouvelle résidence.

Tout le monde avait l'air de s'y aimer tendrement; on m'avait reçu avec plaisir; j'espérais,
pour moi, une part dans cette affection mu-
tuelle. Je me disais que la richesse ne constitue
ni la gaieté, ni le bonheur; je venais d'en faire
la triste expérience, et je commençais à croire
que je pourrais oublier Juliette et redevenir
joyeux comme par le passé.

Pendant que je réfléchissais ainsi en faisant
l'examen des lieux, le repas s'était terminé.
Les soins de rangements obligés occupèrent
derechef ma jeune protectrice; mais enfin j'eus
le plaisir de la voir revenir et chercher à faire
plus ample connaissance avec moi. Elle ouvrit
ma porte et me tendit le doigt, sans doute
pour s'assurer de mon bon caractère. Je m'em-
pressai aussitôt de lui prouver combien j'étais
peu sauvage, et, sautant sur cette petite main
qu'elle m'offrait, je m'appliquai à prendre mes
plus charmantes tournures, gazouillant tendrement comme pour lui rendre grâce de sa
bonne réception. Je fus bientôt entouré de
toute la famille émerveillée de ma gentillesse;
l'un me donnait un morceau de sucre, l'autre
une miette de pain. Je ne retournai chez moi
qu'après avoir été fêté et embrassé par tous
les trois.

Ce fut alors une grande affaire de décider à quel endroit il serait le plus convenable de pendre ma cage. Après mûre délibération, on convint, à mon secret contentement, que je coucherais dans le cabinet d'Agathe, et que, le jour, je serais rapporté dans la salle commune pour le plus grand plaisir de chacun. La décision prise, le père Courtois alla planter un clou près du lit de ma maîtresse; la place fut choisie de façon à ce que le soleil m'arrivât dès le matin, et que le froid de la porte ne pût cependant pas m'atteindre le soir. Puis, tout étant bien disposé, ma chère Agathe inspecta les mangeoires de ma cage, s'assura que rien ne me manquait avant de m'installer à ma place, et fut reprendre son ouvrage près de sa mère. Pour moi, je mis ma tête sous mon aile et m'endormis, heureux d'avoir trouvé un si doux nid pour m'abriter, après ma première mésaventure.

Au réveil, je saluai gaiement le soleil: de sombres persiennes ne cachaient pas sa clarté, comme dans l'élégante chambre de Juliette.

Agathe, levée de grand matin, dès qu'elle eut offert à Dieu ses premières pensées, se hâta de tout mettre en ordre dans la maison et d'apprêter le déjeuner de chacun.

Il n'y avait pas de domestiques pour l'aider, et sa pauvre mère infirme ne pouvait guère partager ces soins fatigants. La jeune fille se multipliait, afin de lui épargner tous les regrets qu'un ménage en désordre lui eût immanquablement causés. Son père n'attendit pas son repas du matin ; tout fut prêt à l'heure habituelle, malgré le retard qu'avait dû nécessairement apporter à sa besogne les soins minutieux qu'elle avait mis à pourvoir à tous mes besoins. J'avais du mouron frais, de l'eau claire, ma graine était bien soufflée, et un superbe biscuit se trouvait attaché aux barreaux de ma cage avec un joli ruban bleu. Agathe, en terminant, avait ajouté à tout cela un bien tendre baiser qui m'avait rempli le cœur de bonheur. Puis, selon la convention de la veille, elle me plaça à l'endroit indiqué près de sa chaise, et se mit à son travail de chaque jour, c'est-à-dire à épingler de la dentelle sur une grande planche rembourrée et recouverte d'une serge verte. Cet ouvrage long et vétilleux l'occupa longtemps ; il était déjà presque dix heures lorsqu'elle se dérangea pour aider sa mère à se lever et à s'habiller. Ce devoir rempli avec une extrême tendresse, Agathe reprit sa besogne ; car, excepté le dimanche, elle ne connaissait d'autre récréation que le temps où, après le souper, on causait un moment en famille. Dans la journée, à une occupation en succédait continuellement une nouvelle; c'était une tout autre vie que celle de Juliette.

Elle n'avait à la vérité ni piano à étudier, ni maître d'anglais, ni professeur de dessin. Mais il lui fallait apprendre *à se suffire à elle-même et à gagner sa vie;* peut-être aussi à venir au secours de son père ou de sa mère, si la maladie devait les éprouver un jour.

On lui avait fait quitter l'école aussitôt après sa première communion, afin qu'elle pût apprendre l'état de sa mère qui, ayant une bonne clientèle, désirait la lui transmettre. L'élève s'était mise à l'œuvre avec ardeur et faisait des progrès remarquables. Depuis un an qu'elle avait commencé, elle était parvenue à inspirer déjà une certaine confiance, et le blanchissage de presque toutes les dentelles qu'on apportait à réparer lui était abandonné. L'ambition d'Agathe était de se mettre à même de remplacer bientôt sa mère, afin qu'elle pût se reposer et soigner sa santé chancelante.

Comme ce n'était pas, de sa part, un désir stérile, ainsi qu'on en voit beaucoup, c'est-à-dire dont on ne se souvient d'ordinaire que lorsqu'il ne gêne aucune inclination, elle ne perdait jamais de vue le but qu'elle s'était promis d'atteindre, et c'était là tout le secret des progrès extraordinaires qu'on lui voyait faire chaque jour. Aussi était-elle la joie et le bonheur de ses heureux parents.

Pour moi, mon installation me satisfaisait entièrement; je me trouvais très-heureux de mon sort : jamais seul, toujours caressé et gâté, si ce n'était par la fille, c'était par la mère, qui n'approchait guère de ma cage sans me donner quelque friandise. Mon unique devoir était de divertir et d'égayer mes maîtres par mes chants; aussi je m'y exerçais de mon mieux, et j'avais lieu de penser qu'on était content de moi.

Seigneur Dieu ! dit-elle, voilà le serin de Mademoiselle. .

SERIN.

VI

Tout allait à merveille depuis plus d'un mois
que j'habitais cette maison ; je n'avais plus
entendu parler de ma première maîtresse et
j'ignorais tout à fait ce qui était arrivé
après mon départ, lorsqu'un jour, à mon grand
étonnement, je vis entrer chez nous Christine,
la vieille bonne de Juliette. Elle venait apporter de l'ouvrage à Agathe, et, après lui avoir
expliqué ce qu'elle avait à dire, elle leva le
nez à la hauteur de ma cage et me reconnut
tout aussitôt. Jetant alors une exclamation de
surprise :

—Seigneur Dieu ! dit-elle, voilà le serin de
mademoiselle ! Qui vous l'a donné ? M. de Cé-

risoles, sans doute ; car, puisque vous avez la cage, ce n'est pas un oiseau trouvé. Pauvre petite ! elle l'a tant pleuré !

—Comment, Christine, repartit ma maîtresse, mademoiselle Juliette a du chagrin de sa perte ? Mais, si je l'avais su, il y a longtemps que je le lui eusse rendu.

—Oh ! maintenant, il n'y paraît plus, reprit la vieille bonne ; elle est consolée. Mais, dans le premier moment, elle a été si désolée que cela fendait le cœur de l'entendre se lamenter... Vous ne pouvez vous en faire une idée.

—De quelle manière est-ce donc arrivé, ma bonne demoiselle Christine ? Car, en me le donnant, mon père ne m'a dit autre chose, si ce n'est que M. de Cérisoles me l'envoyait comme marque de satisfaction.

—C'est bien simple, répliqua Christine : mademoiselle est si charmante qu'on ne lui refuse jamais rien. Dans une visite de charité qu'elle faisait avec madame sa mère, elle vit cet oiseau et en eut envie ; aussitôt il lui fut donné. Malheureusement elle voulut s'en charger seule, et la pauvre enfant est si oublieuse que, après les premiers huit jours, pendant lesquels elle fut folle de cette petite bête et ne pensa qu'à lui, elle se ralentit, trouva les soins à lui donner un peu longs, et... s'en fatigua. Puis il lui vint une de ses cousines qui passa un mois à la maison; elle ne put plus s'occuper que d'elle, et, ma foi, le serin fut tout à fait oublié! Or, monsieur avait défendu qu'aucun domestique se mêlât de toucher à cet oiseau; de sorte que, lorsque mademoiselle Juliette, partagée entre les plaisirs du jardin et ceux du salon, n'eut plus le temps de penser à lui, il manqua de tout absolument. Un soir enfin, il faut que je l'avoue, on le trouva couché dans sa cage sans un seul grain, ses carafes vides et presque mort de faim.

—Hélas! dit Agathe tout émue, pauvre petit!

—Que voulez-vous? ma bonne, poursuivit Christine, mademoiselle n'est pas comme vous, qui n'avez à penser qu'à vos dentelles et à votre petit ménage; elle a tant de distractions qui la dérangent de ce qu'elle veut faire! elle a tant d'esprit, cette chère enfant! elle apprend tant de choses!

—Vous comprendrez, cependant, Christine, fit observer la mère Courtois, qu'un peu de mémoire ne lui serait pas nuisible. Encore un instant, et, sans méchanceté, elle causait la mort d'un pauvre animal.

—C'est vrai, répondit d'un ton pensif la

vieille bonne, idolâtre de celle qu'elle avait élevée; mais ce n'est pas sa faute, je vous assure. Elle est très-étourdie, voilà tout; cela se corrigera avec l'âge. Si vous l'aviez vue le lendemain matin, lorsqu'elle se réveilla : mademoiselle Louise, sa cousine, était justement partie la veille après le dîner, de sorte que Juliette se trouvait seule, la pauvre enfant.

En ouvrant les yeux, ses regards se portèrent naturellement en face d'elle, sur sa jardinière, au-dessus de laquelle, d'habitude, était suspendue la cage. Plus rien..... Cette absence lui rappela tout à coup le temps qui s'était écoulé depuis qu'elle ne s'en était pas occupée.

Tout épouvantée, la pauvrette, se jetant promptement à bas de son lit, se mit à parcourir sa chambre, croyant le serin envolé; mais, n'apercevant plus aucune trace de son oiseau :

—Mon Dieu! mon Dieu! s'écria-t-elle, qu'est-il devenu? Comment se fait-il que j'aie pu le négliger ainsi pendant deux jours?

Il y en avait bien trois, mais cette pauvre Juliette tâchait d'en oublier un! Disant ces paroles, elle éclata en sanglots. Il faut vous dire que je voyais tout cela; car, levée de grand matin, je m'étais placée près de sa porte

afin de guetter son réveil et de lui épargner,
autant qu'il me serait possible, l'effet du premier coup.

J'entrai donc alors, je la pris dans mes bras
et la consolai de mon mieux. Elle se calma un
peu en apprenant que son cher petit serin n'é-
tait pas mort ; mais elle redoutait extrêmement
la sévérité de monsieur, qui devait être fâché
contre elle.

Je tâchai de lui inspirer du courage, et elle,
se sachant tellement aimée de ses parents, prit
confiance espérant que son père voulait seulement lui donner une leçon, et que .son oiseau
chéri lui serait rendu dans la journée, après
la juste réprimande qu'elle comprenait bien
avoir méritée.

Je l'aidai à s'habiller ; puis, pour l'égayer
un peu et lui donner de l'air, j'ouvre la per-
sienne. Le soleil entre aussitôt avec sa brillante
clarté. Je me retourne alors pour lui faire admirer le beau temps ; jugez de mon effroi : elle
était là, au milieu de la chambre, toute pâle,
les yeux grands ouverts avec un air épouvanté.
Je suis son regard qui me fait peur, et je vois,
sur sa commode..... un globe de verre re-
couvrant un beau serin hollandais comme le
sien, mais mort pour de bon, et placé de côté

sur un marbre noir. Ces mots étaient écrits sur le globe : « Celui-là ne souffrira pas de la faim. » Oh! alors, les pleurs de Juliette recommencèrent à couler plus fort qu'au premier moment. Voyant que je ne pouvais la tranquilliser, je courus chercher madame. Elle vint de suite, et, par ses caresses et ses douces paroles, parvint à la calmer et à lui faire comprendre qu'il fallait se résigner; car, elle lui ôta l'espérance de revoir jamais son oiseau. Elle lui apprit ce qui s'était passé et comment son père en avait disposé en faveur d'une personne plus capable qu'elle d'en prendre soin.

Il fallut que la pauvre petite prît son parti. Elle eut encore à supporter de sévères réflexions sur la légèreté de son caractère et les conséquences fâcheuses qu'elle pouvait amener. Cela la fit encore bien pleurer. Elle a été triste plus de huit jours! Monsieur ne lui a infligé aucune punition; seulement, il n'a pas voulu lui dire à qui il avait donné son serin, et a exigé qu'elle gardât toujours dans sa chambre celui qu'il y avait mis, afin, dit-il, qu'elle n'oublie pas la faute grave que sa présomption et son étourderie lui ont fait commettre. C'est vrai, cependant, ajouta Christine, que si elle m'avait permis de l'aider, tout cela ne serait pas arrivé. Mais la pauvre petite n'avait qu'une bonne intention ; car elle est excellente au fond, voyez-vous.

—Je ne dis pas non, Christine, reprit encore la mère Courtois ; cela prouve seulement, comme je le dis quelquefois à ma fille, qu'une bonne intention qu'on n'exécute pas ne signifie rien, et est plus souvent nuisible qu'utile. A quoi sert-il d'être bonne, si l'on agit comme une personne méchante?

Sur ces mots, Christine, qui était déjà restée plus de temps qu'elle n'aurait dû, et qui ne trouvait rien à répondre, s'en alla très-enchantée d'avoir découvert le refuge de l'oiseau.

J'avais écouté le récit de Christine avec beaucoup d'intérêt. Je fus bien aise que Juliette eût ressenti si vivement ma perte; mais, la facilité avec laquelle son chagrin s'était ensuite passé blessa fort ma vanité. Je me croyais plus regrettable. Tout bien calculé, je me félicitai, à part moi, de cet événement; car, avec une nature aussi fantasque et légère que celle de cette jeune fille, si j'étais resté sa propriété, je n'eusse pas été au bout de mes peines; tandis qu'avec Agathe et sa mère, j'étais la plus heureuse créature du monde : je n'avais pas un souhait à former.

VII

Huit jours s'étaient à peine écoulés, quand, un matin, je vis entrer madame de Cérisoles et sa fille. Christine avait causé, et, lorsque Juliette sut en quel lieu j'avais été porté, elle supplia tant ses parents, que son père consentit à ce qu'elle vînt me faire une visite, et sa mère voulut bien l'accompagner.

On s'empressa aussitôt autour de ces dames, et, lorsqu'elles manifestèrent leur désir de me voir, la mère Courtois vint me prendre promptement pour m'apporter près d'elles. Moi, je tremblais qu'elles ne fussent venues pour me chercher; je me tenais coi sans rien dire et faisais semblant de ne pas reconnaître mon ancienne maîtresse. Ce fut tout au plus si je me laissai faire quand elle me prit dans sa main pour me baiser. Réellement, toute mon amitié pour elle s'était évanouie aussi vite que la sienne. Je fus pourtant bientôt rassuré sur l'intention de ces dames : madame de Cérisoles, tout en me flattant de la main, prévint Agathe que sa fille ne venait que pour avoir de mes nouvelles; car, ajouta-t-elle, ses occupations, qui se succèdent toute la journée, ne lui laissent point assez de loisir pour des soins superflus. Elle s'en est convaincue et se félicite fort de trouver son ancien petit hôte en si bonnes mains.

Pendant ce discours, destiné à atténuer ses torts, Juliette gardait le silence. Elle était devenue très-rouge, et je pense encore que sa conscience lui disait tout bas que sa mère était bien trop bonne de lui chercher une excuse.

—Tandis que nous sommes ici, continua madame de Cérisoles, je vais vous demander la permission pour ma fille, ma chère madame Courtois, de vous regarder travailler toutes deux. Elle sera charmée de se faire une idée de la façon dont il faut s'y prendre pour raccommoder et blanchir les tulles et les dentelles.

Elles restèrent, en effet, près d'une heure à

regarder la mère Courtois réparer, avec du fil d'une imperceptible finesse, une malines qui devait être terminée le lendemain, et admirèrent la patience nécessaire à ce genre de travail si fatigant pour la vue.

Juliette s'était placée près d'Agathe pour mieux examiner son ouvrage.

—Je voudrais bien savoir, dit-elle après quelques minutes d'attention, comment s'appelle ce que vous faites, et à quoi cela sert de se donner tant de mal pour étendre cette dentelle en mettant de petites épingles dans chaque trou de ses deux bords, au lieu de la repasser simplement.

—Cela s'appelle *attacher la dentelle*, mademoiselle. On la fixe ainsi, après l'avoir blanchie, pour la maintenir bien droite et bien également tendue, en redressant uniformément des deux côtés ces petites boucles de l'engrêlure que vous pouvez voir, et que l'on nomme *picots*, afin que l'apprêt, en séchant, lui donne l'apparence du neuf. Le fer à repasser ne ferait rien de cela; de plus, les réseaux ne seraient pas suffisamment ouverts, et la beauté de ce joli tissu si délicat et si fin serait complétement perdue.

—De sorte que toute cette peine est indispensable. Mais, dites-moi encore, je vous prie, continua Juliette, est-ce que vous travaillez ainsi bien longtemps de suite?

—A peu près cinq ou six heures, mademoiselle. Il faut bien s'interrompre pour faire le dîner, mais on reprend le soir, répondit la jeune ouvrière.

—Ciel! comment pouvez-vous faire, pauvre Agathe? Il me semble que cela me serait absolument impossible; car, pour ne pas se tromper, il ne faut presque pas lever la tête, n'est-ce pas?

—Sans doute, mademoiselle; autrement, je risquerais fort de ne faire rien qui vaille et d'avoir à recommencer ma besogne.

—Mon Dieu! reprit Juliette, c'est vraiment terrible et trop dur aussi.

—S'il le fallait, mademoiselle, repartit la mère Courtois, soyez persuadée que vous vous y habitueriez comme une autre. Heureusement, vous êtes dispensée d'un si grand assujettissement. Cependant, croyez-moi, au demeurant ce n'est pas toujours mauvais pour la jeunesse d'être forcée à vaincre sa légèreté naturelle.

Quand l'ouvrage marche raisonnablement, je ne plains pas ma fille. Il faut que chacun travaille dans ce monde. Mais, c'est dans les moments de presse que la fatigue est grande. Presque toujours, notre besogne arrive tout à coup : ce sont des toilettes nécessaires à un bal, à une fête. Bien souvent il faut passer plusieurs nuits de suite, surtout l'hiver; car c'est le temps des plaisirs pour les dames, et la saison du travail pour les ouvrières. Je ne permets pas encore à Agathe de veiller toute la nuit, parce qu'elle est trop jeune et qu'elle a plus besoin de sommeil que moi. Mais, l'an prochain, elle sera plus forte, et, comme ma santé n'est guère bonne maintenant, il sera indispensable qu'elle me seconde dans de semblables occasions.

—Comment se fait-il, chère madame Courtois, qu'on vous presse ainsi pour un pareil ouvrage? reprit la jeune fille après avoir réfléchi un instant; il me semble qu'on peut toujours prévoir à l'avance le besoin qu'on aura de ses garnitures, et qu'il n'est pas difficile de s'y prendre à temps pour les faire mettre en état.

—Sans doute, mademoiselle; mais souvent les jeunes personnes oublient d'y penser assez tôt; elles regardent trop tard s'il y a des réparations à faire, et, la plupart du temps, ne se doutent même pas de la peine qu'elles vont donner à l'ouvrière. Au dernier moment, lorsque la besogne nous arrive, il faut tout quitter et passer toute la nuit sur son ouvrage. Ceci se renouvelle fréquemment du mois de décembre au mois d'avril, et c'est ce qui rend notre métier si pénible.

—Oh! je le crois, madame, repartit Juliette. Quand j'aurai des dentelles à réparer ou à blanchir, je tâcherai de ne pas oublier, à mon tour, ce que je viens d'apprendre, et je les enverrai à l'ouvrière assez tôt pour qu'elle n'ait pas besoin de se priver de sommeil à mon occasion. Cela est affreux à penser, vraiment, que, pour se faciliter ce qui n'est qu'un plaisir, il ait fallu donner tant de peine et tant de fatigue à d'autres. En vérité, cette idée m'empêcherait de m'amuser de bon cœur.

—Je suis bien aise, ma chère enfant, de t'entendre parler ainsi, dit alors madame de Cérisoles. Certes, si l'on réfléchissait, de temps à autre, à la peine que l'on pourrait épargner à ceux qui travaillent pour nous, il serait bien facile, avec quelque attention, de leur alléger la moitié des ennuis de leur état. Mais nous causerons plus longtemps sur ce sujet un autre jour. Il faut nous souvenir que le temps s'é=

coule, que madame Courtois et Agathe ont toujours leur besogne à faire, et que nous ne devons pas l'interrompre plus longtemps.

A ces mots, madame de Cérisoles fit ses adieux à mes chères maîtresses, et Juliette, après être venue me faire une petite caresse, joignit ses remerciements à ceux de sa mère pour la complaisance qu'on avait mise à leur donner toutes les explications qu'elles avaient demandées.

Pendant ce temps, j'étais rentré dans ma cage, fort enchanté de la manière dont s'était terminée cette entrevue. J'avais craint un moment de perdre le bonheur que je goûtais dans cette paisible maison, et, pour témoigner la joie que j'en éprouvais, je fis retentir le logis de mes chants les plus bruyants et les plus gais. Bientôt la gentille Agathe m'accompagna de sa jolie voix ; l'ouvrage n'en alla que mieux, et la mère Courtois, qui n'était jamais si heureuse que lorsqu'elle voyait sa chère enfant contente, souriait en nous écoutant.

VIII

Notre vie se passa douce et calme pendant
bien des jours. Plus d'une année s'écoula.
Cependant la santé de la mère Courtois s'était
beaucoup altérée : la pauvre femme se trouvait souvent forcée d'arrêter son travail;
Agathe, par conséquent, avait considérable-
ment augmenté le sien. En grandissant, elle
s'était fortifiée, malgré cet accroissement de
fatigue. C'était alors elle seule qui soignait le
ménage. Le père de famille continuait coura-
geusement son pénible métier; mais il vieil-
lissait, et le repos lui devenait de temps en
temps indispensable. Malheureusement, avec
la mauvaise santé, les dépenses augmentaient

sans cesse, tandis que les recettes baissaient. J'entendais souvent la mère prévoyante se désoler de l'impossibilité où l'on était alors de rien mettre de côté.

Le bonheur n'avait pourtant pas déserté totalement la maison ; l'affection qu'on y ressentait les uns pour les autres rendait douces les privations qu'il fallait s'imposer, et l'humeur facile de chacun venait en aide à la gaieté naturelle de ma chère Agathe.

Pour moi, j'étais de plus en plus aimé d'elle ; son seul divertissement consistait à s'occuper de mon bonheur. Ma cage avait été tout à fait descendue à la hauteur de ses yeux, de sorte que nous pouvions nous voir et nous comprendre sans qu'elle se dérangeât, tout en continuant son ouvrage. Elle n'avait plus le temps de me faire jouer par la chambre, mais sa bonne mère s'en était chargée, et, le soir, le père Courtois, revenu de son travail, s'amusait à compléter mon éducation, en m'apprenant à monter à l'échelle sur ses doigts, et à faire le mort, dans sa main, jusqu'au commandement *debout*, qui me faisait revivre aussitôt.

Un jour, hélas ! tout ce bonheur intime s'écroula. Un malheur affreux, irréparable, vint frapper mes pauvres maîtresses : Courtois, cet excellent homme, si laborieux, si tendrement aimé des siens, avait voulu, par un temps de brouillard, se rendre, comme d'habitude, à son chantier, pour une besogne pressée qu'il devait surveiller. Monté sur des échafaudages très-élevés, le pied lui avait manqué, et, précipité à terre, il était mort sur le coup.

Quel désespoir pour sa femme, pour sa fille, quand on leur rapporta son corps tout défiguré ! Comment, moi chétif oiseau, essayerai-je de peindre cette scène de désolation ? Pénétré de douleur à la vue de tant de larmes, je tâchai, par mon immobilité et mon silence, de témoigner à celles que j'aimais que je comprenais leur douleur et la partageais autant qu'il était en mon pouvoir.

Pendant les tristes jours qui s'écoulèrent d'abord, tout fut interrompu : Agathe n'arrêtait ses pleurs que pour essayer de consoler sa mère et lui donner les soins nécessaires à son état de souffrance continuelle.

Elle comprenait plus que jamais combien le courage lui était commandé ; aussi, après qu'on eut rendu les derniers devoirs à son malheureux père, elle reprit peu à peu son ouvrage, mais silencieusement, en essuyant bien des fois ses yeux durant la journée. Dieu, qu'elle

invoquait souvent, lui donna la force et la ré-
signation. J'étais toujours près d'elle, mais
quelle différence!... Qu'étaient devenus nos
chants joyeux, nos jolis duos?

La pauvre veuve, abattue par ces terribles
émotions, était sérieusement malade et ne
quittait plus le lit. Le médecin qui avait été
appelé avait conseillé, après quelques légères
prescriptions, la patience à la malade, le courage et la sollicitude à la fille, lui assurant
qu'il n'y avait pas de danger immédiat à redouter, mais ne lui cachant pas non plus qu'il
ne fallait pas se flatter d'un entier rétablisse-
ment. Du calme et une bonne et fortifiante
nourriture furent ses seules recommandations.

Pauvre chère Agathe! Il lui fallait donc
dorénavant dévorer son chagrin en silence,
pour ne pas trop agiter sa mère; suffire à tout
dans la maison et au dehors, puis travailler
sans relâche à cet ouvrage vétilleux et fatigant,
son gagne-pain!

Que de fois, en la regardant faire, je me
suis demandé en moi-même si véritablement
ces dentelles procureraient à leurs proprié-
taires un plaisir comparable à la peine que se
donnait, pour les apprêter, cette jeune et charmante créature que je voyais veiller si tard,

tristement éclairée par une insuffisante lumière. Je me prenais alors à remercier Dieu de n'avoir fait de moi qu'un serin, en m'épargnant, et tant de futilité, et tant de privations contre nature.

Les journées se succédaient ainsi, mornes, mais calmes; l'état de la malade ne s'améliorait pas. Agathe la laissait seule le moins possible, ou bien priait une voisine de venir, quelquefois en son absence, lui tenir compagnie; car il lui fallait aller chercher et reporter son ouvrage : elle en avait peu, à son grand regret. L'été était passé, mais nous étions encore dans ce que les ouvrières appellent *la morte saison*, c'est-à-dire le temps où les familles riches, occupées des plaisirs nombreux de l'automne, ne sont pas encore revenues de la campagne, et, par conséquent, où les commandes ne se suivent que de très-loin.

Toute cette saison avait été bien pénible à supporter pour Agathe : les tristes événements survenus à la maison, la maladie prolongée de sa mère et le défaut d'ouvrage avaient épuisé les économies dès longtemps mises en réserve. Elle voyait l'argent lui manquer, et pourtant elle ne voulait rien diminuer de ce qui était nécessaire à sa mère.

Cependant elle avait à payer le loyer du modeste logement qu'elles habitaient.

Pour la première fois, au terme dernier, il avait fallu recourir à la complaisance du propriétaire. Agathe avait obtenu de lui qu'il attendît; mais la seconde échéance approchait, et, à cette idée, elle était épouvantée. A qui demander secours?

M. de Cérisoles qui, si longtemps, avait employé son père et lui portait intérêt, était allé faire un voyage d'agrément en Italie avec sa famille et ne revenait pas encore; d'ailleurs, il ignorait entièrement le malheur de ces pauvres femmes.

Agathe était à bout de ressources. Le prix de son travail suffisait bien à la vie de chaque jour; mais, pour acquitter sa dette de loyer, une grosse somme était indispensable. Elle avait compté, pour se la procurer, sur le payement d'un mémoire qu'on lui devait. Malheureusement, sa débitrice, une jeune dame fort riche, après lui avoir fait une commande considérable, était partie pour les eaux. Le plaisir l'y avait retenue plus longtemps qu'elle ne pensait, et elle avait oublié de donner des ordres pour que la facture de l'ouvrière en dentelles fût soldée en son absence. Agathe s'était présentée plusieurs fois à son hôlel ; il lui avait été constamment répondu que madame n'était pas de retour. Hélas ! cet oubli, auquel sa riche clientë n'avait attaché aucune importance, mettait ma pauvre maîtresse en un bien cruel embarras.

Le jour, si redouté par elle, où la quittance du loyer devait être présentée, arriva cependant. Dans sa détresse, Agathe se vit forcée d'aller de nouveau trouver le propriétaire, et, les larmes aux yeux, lui raconta sa peine, le priant de lui donner du temps jusqu'au retour de la campagne, époque où elle toucherait certainement l'argent qui lui était dû. Après beaucoup de difficultés sa demande lui fut accordée, mais à la condition qu'elle apporterait au moins un à-compte, c'est-à-dire une petite partie de sa dette, afin de ne pas rester trop en arrière. La pauvre fille revint désolée. Que faire ?... En rentrant chez elle, elle s'était tristement assise dans un coin de la chambre, pour que sa mère, à laquelle elle avait caché ses chagrins, ne la vît pas pleurer. Elle priait Dieu, son seul soutien, de venir à son aide, lorsqu'une voisine de leurs amies entra demander des nouvelles. Agathe essuya ses yeux pour la recevoir. Après avoir été serrer la main de la malade, conduisant ma jeune maîtresse vers la fenêtre, cette bonne femme s'informa du succès de sa démarche auprès du propriétaire. Au récit qui lui fut fait, elle soupira.

—Mon Dieu, continua la pauvre enfant, comment me tirer d'affaire?

Et de grosses larmes tombaient de ses yeux.

La voisine réfléchissait en silence et cherchait un expédient, quand tout à coup, levant la tête et apercevant ma cage, placée en face d'elle :

—Vous avez là un bien joli serin, savez-vous? reprit-elle. Y tenez-vous beaucoup?

—Oh! mais sans doute, mère Lombard, répondit Agathe toute surprise de la question. Je l'aime de tout mon cœur; c'est ma seule joie. Il est si caressant, si gentil. Il amuse et console un peu maman quand elle ne souffre pas trop. Puis il est si intelligent! Il comprend, je vous assure, tout notre malheur. Pauvre petit! lui qui chantait avec tant d'éclat et de gaieté; on croirait, à présent, qu'il devine que le bruit est mauvais pour un malade. Il ne fait plus que gazouiller, et encore, d'un ton si bas et si mélancolique, qu'il semble partager ma peine et mes inquiétudes.

—C'est dommage, reprit la voisine.

—Pourquoi, s'il vous plaît ? repartit Agathe de plus en plus étonnée.

—Ah ! c'est qu'avec tous ces mérites-là, et le gosier que je lui connais, vous auriez pu le vendre cher. Je suis sûre que le marchand d'oiseaux d'ici à côté, M. Lagriffe, vous en aurait donné un bon prix.

—Mais je ne veux pas le vendre, mère Lombard. Quelle idée avez-vous là? s'écria tout émue ma chère maîtresse. C'est M. de Cérisoles qui me l'a donné ; que dirait-il si je m'en séparais? Puis nous l'aimons tant, ma bonne mère et moi.

—Je comprends bien, ma chère petite ; mais pourtant, il faut trouver de l'argent quelque part. Depuis la mort de votre père, j'ai vendu pour vous la meilleure partie de vos effets, afin de faire face aux dépenses les plus urgentes : votre glace, votre pendule, presque tout le linge ; jusqu'à la montre de ce pauvre père Courtois. Il ne reste plus ici que l'absolu nécessaire. Où prendre cette somme qu'il vous faut? Ce n'est pas le tout de pleurer. Sans doute vos protecteurs, M. et madame de Cérisoles seront bientôt de retour de leur voyage, et, quand ils apprendront tous les malheurs qui sont tombés sur vous, il n'est pas douteux

qu'ils ne viennent à votre secours. Mais...,
jusque-là, par quel moyen se procurer de l'argent? Si j'en avais, ce serait avec plaisir que
je vous le prêterais; seulement, depuis plusieurs
jours, mon mari n'a rien à faire, et nous n'a-
vons que bien juste ce qu'il nous faut pour
vivre. Je ne peux donc vous offrir que ma
bonne volonté, mes conseils, et un peu d'aide
de temps en temps.

Ce discours m'avait rempli d'effroi. L'idée
d'être séparé de mes bonnes maîtresses, les
seules personnes que j'aimasse dans le monde,
me paraissait pire que la mort. Être vendu à
ce marchand me semblait le plus horrible des
sorts. Qu'allais-je devenir? J'attendais sans
respirer ce qui allait être décidé. Hélas!
Agathe pleurait à chaudes larmes et ne répondait rien.

—Eh bien! ma pauvre enfant, ne vous dé-
solez pas ainsi, reprit la voisine. Mettons que
je n'aie rien dit et n'en parlons plus. Je vous
croyais plus de caractère, voilà tout.

En achevant ces mots, la mère Lombard
embrassa la petite désolée et la quitta, lui pro-
mettant de revenir

IX

Quand la porte se fut refermée sur elle, la mère Courtois, qu'on croyait endormie, appela sa fille près de son lit, et, lui prenant la main entre les siennes :

—Mon enfant chérie, dit-elle, j'ai tout entendu ; je sais ton angoisse et je la partage, car j'aime aussi cette petite bête qui a été si bien instruite par ton père. De plus, elle m'est doublement chère à cause de l'attachement que tu lui portes. Il ne faut pas t'en séparer. J'ai trouvé un moyen de t'épargner ce chagrin.

Otant alors de son cou une petite croix d'or qui y était suspendue par une ganse noire :

—Tiens, continua-t-elle, c'est ceci qu'il faut vendre, et non ton oiseau.

—Oh! mère, s'écria Agathe, éclatant en sanglots, la croix que t'a donnée mon pauvre frère, cette croix à laquelle tu tiens tant, et qui renferme ses cheveux et ceux de mon père!

—C'est vrai, ma fille; mais j'y attache cependant moins de prix qu'à tes larmes. Nos chers morts seraient de mon avis. Enlève les précieuses reliques qu'elle contient et va la porter chez un bijoutier. Il t'en donnera probablement une vingtaine de francs; ce sera assez pour faire prendre patience au maître de cette maison et remplir la promesse que tu lui as faite.

La malade, ayant ainsi parlé, déposa pieusement un baiser sur cette croix qu'elle n'avait pas quittée depuis quinze ans, puis la mit dans les mains d'Agathe afin qu'elle accomplît sa volonté. Les larmes de cette dernière recommencèrent alors.

—Du courage, mon enfant, reprit sa mère avec tendresse; les pleurs ne remédient à rien. J'ai fait mon sacrifice, à ton tour maintenant.

Et sa tête alanguie retomba sur l'oreiller.

Cette vue rappela à la pauvre affligée qu'elle ne devait pas augmenter l'émotion déjà trop forte de sa mère. Se penchant sur elle, elle l'embrassa avec toute son âme et emporta la

Tiens, continua-t-elle, c'est ceci qu'il faut vendre.

croix d'or qu'elle alla serrer dans sa commode,
en attendant, dit-elle, que sa tâche de la journée étant finie elle pût, à la tombée de la
nuit, se rendre chez le marchand. Cela convenu, elle se remit à la besogne. De temps en
temps, elle levait sur moi des yeux gros de
larmes, puis elle pressait de nouveau son ouvrage.

À moitié tranquillisé par la résolution de la
mère Courtois, je n'étais pourtant pas entièrement rassuré. A quoi se déterminerait Agathe?
Je voyais bien qu'il y avait lutte dans son cœur,
et je tremblais sur ma destinée.

Enfin, le jour ayant tout à fait baissé, la jeune
ouvrière fut obligée de quitter son aiguille.
Sa bonne mère s'était assoupie; aucun autre
bruit ne s'entendait dans la chambre que la
respiration pénible de la malade. Se levant
alors, et marchant légèrement sur la pointe
des pieds, Agathe se prépara à sortir. Lorsqu'elle fut prête, elle vint à ma cage, me regarda longtemps, me prit dans sa main, me
couvrant de baisers et de larmes :

—Cher petit, il le faut, me dit-elle enfin ; je
ne puis laisser ma pauvre mère faire un si
grand sacrifice et vendre sa croix d'or, ce tendre souvenir.

Alors, me replaçant dans ma cage, elle se disposa à m'emporter. Je compris tout ; mon cœur se brisa. Hélas ! mon sort était décidé. Nous partîmes, et bientôt nous fûmes arrivés chez le marchand d'animaux.

X

C'était une grande boutique dont les quatre faces étaient tapissées, du haut jusqu'en bas, d'une multitude de cages. Il y en avait de toutes les dimensions. Les grandes contenaient jusqu'à vingt ou trente petits oiseaux, tous différents de formes, de couleur et de pays. Ils y vivaient ensemble en plus ou moins bonne intelligence. A terre, le long des murs, dans des sortes de boîtes à claires-voies, étaient des chiens, des chats, des écureuils sur de la paille. Plus loin, des pigeons, des poules et des coqs se trouvaient aussi enfermés pêle-mêle. Au milieu de cette nouvelle arche de Noé, on voyait plusieurs grands perchoirs sur lesquels on avait enchaîné par une patte plusieurs énormes perroquets gris, verts, jaunes, blancs, de toutes nuances.

En voyant entrer Agathe chez lui, M. Lagriffe, le maître de ce logis, vint au-devant d'elle. Alors, le cœur bien gonflé et les yeux très-rouges, ma triste maîtresse lui expliqua le motif de sa venue.

—De sorte, ma belle enfant, dit-il, que vous voulez vendre votre oiseau? Bien. C'est un hollandais, en effet; il est assez joli, je ne dis pas non.

—Si vous saviez, monsieur, toute sa gentillesse, reprit Agathe, et tous ses talents. Mais je ne peux vous les montrer; il est trop saisi et moi aussi. Sa voix est si étendue et si douce! Si vous pouviez l'entendre!

—Mais, repartit le marchand, puisque vous lui trouvez tant de perfections, pourquoi me l'apportez-vous? Il serait plus naturel de le garder.

—Hélas! monsieur, sans doute, si je pouvais; mais il me faut de l'argent. Ma mère est malade et nous avons perdu mon pauvre père au printemps dernier. Je suis seule à la maison pour travailler, et voilà le terme du loyer arrivé. Si je ne paye pas, on nous renverra, et que devenir? où aller? Une voisine m'a fait penser que ce serin avait de la valeur, et je suis venue vous l'offrir. Regardez-le, et dites-moi ce que vous pouvez m'en donner.

Le récit de la pauvre fille toucha le père Lagriffe. Il se fit donner tous les détails par Agathe; puis, lui mettant vingt-cinq francs dans la main, il lui promit de me garder *un mois entier* sans me vendre, sans même me proposer à personne; de sorte que si, pendant ce temps, elle pouvait parvenir à toucher quelque argent, elle serait libre de venir me reprendre en rapportant la somme qu'il lui donnait ce jour-là.

Je devais rester en otage; malgré le chagrin et l'envie de pleurer qui lui serraient la gorge, Agathe remercia le marchand avec reconnaissance.

Elle me baisa encore une fois pour me dire adieu; puis M. Lagriffe me tira de ma jolie cage qu'elle devait remporter, et me plaça dans une autre toute petite qui se trouvait accrochée avec celles que j'avais remarquées en entrant.

Alors, sans avoir le courage de tourner la tête pour me regarder encore, ma maîtresse chérie salua, ouvrit la porte et sortit.

De la place où j'étais, je pouvais encore la suivre des yeux, même au dehors. Je la vis marcher lentement, comme si elle éprouvait une grande peine à quitter l'endroit où elle était contrainte de m'abandonner; puis, enfin, elle disparut entièrement à ma vue.

Ce fut à ce moment que je me sentis complétement perdu! La nuit était venue, et la boutique, qu'on éclairait fort peu, me parut l'endroit le plus triste du monde. Je ne voyais ce qui m'entourait que très-imparfaitement. Tous les animaux dormaient déjà autour de moi.

M. Lagriffe ferma le magasin, puis entra bientôt dans une arrière-boutique d'où s'exhalait une forte odeur de soupe à l'oignon.

Je restai pensif avec les souvenirs de mon bonheur évanoui. Je revoyais, par la pensée, le père Courtois, son excellente femme, ma chère Agathe, notre chambre où j'avais été si heureux! Puis Juliette se présentait aussi à ma mémoire, M. de Cérisoles, sa riche maison. Je me souvenais de mes souffrances au milieu de ce luxe, que je comparais au bonheur qui les avait suivies. Toutes ces choses repassaient dans mon esprit. Je m'y berçai longtemps, regrettant les unes et me félicitant d'avoir quitté les autres. L'espoir qu'**Agathe** pourrait bien venir me chercher un jour dominait toutes mes pensées. Enfin, à force de rêver, mes idées devinrent de plus en plus confuses, et, sans m'en apercevoir, je m'endormis sur mon bâton.

Dès que le jour parut, je fus réveillé par un bruit assourdissant qu'on ne pouvait définir, tant il était composé de cris discordants. C'étaient des hurlements d'impatience ou de colère, des éclats de voix de toute espèce, des clameurs rauques et sauvages. En ouvrant les yeux, j'avais oublié le lieu que j'habitais, et mon premier mouvement, causé par la frayeur, fut d'essayer de fuir. Mais, d'un seul coup d'aile, je vins me cogner la tête contre les barreaux de ma nouvelle cage, si exiguë que j'y pouvais à peine tourner sur moi-même. Ma terreur s'augmentant de cette impossibilité de me sauver, je me débattis longtemps; renversant tout autour de moi, affolé et jetant aussi au hasard des cris de détresse.

Tout à coup, une petite voix mélodieuse et douce se fit entendre près de moi; elle s'exprimait en langage d'oiseaux :

—Frère, me disait-elle, calme ton désespoir, n'aie pas si peur; rien de tout cela n'est dangereux. Ce tapage qui t'effraye n'est autre chose que le bruit formé des cris divers des habitants de cette maison, dont la plus grande partie, comme toi, s'épouvante et ne peut encore se faire à sa captivité. Ils font ainsi connaître leur réveil et demandent leur pitance du matin. Dans un instant, tous seront servis et calmes.

Très-étonné d'entendre ce discours bienveillant, je me tus à l'instant. Depuis que j'avais quitté la cage paternelle, aucun être de mon espèce ne m'avait fait entendre notre langage, et celui-ci, quoique n'étant pas tout à fait celui de ma race, me charmait cependant l'oreille et me tranquillisa.

Je cherchai autour de moi pour reconnaître mon consolateur. A ma droite était bien une cage, mais elle contenait un gros oiseau presque noir, au bec jaune, qui ne semblait penser qu'au déjeuner qu'il attendait en sifflant de toutes ses forces, et en sautillant sans s'arrêter, afin sans doute de se faire remarquer et d'être servi le premier. A gauche, j'avais pour voisine une jolie petite bête toute verte, on ne peut plus gracieuse, parée d'un charmant collier noir et ornée d'une énorme queue qu'elle était occupée à lisser avec son bec recourbé.

Visiblement, le soin de sa toilette s'était trop emparé de toutes ses pensées pour qu'une idée de compassion pour autrui fût entrée dans son cœur. Elle n'avait même pas eu le temps de s'apercevoir qu'un nouvel hôte se trouvait placé à ses côtés.

—Où donc, me disais-je, est la sympathique voix qui a si tendrement répondu à mes plaintes?

Je regardai encore; mais, au milieu de ce peuple emplumé, il ne m'était possible de rien distinguer. Comprenant qu'il fallait m'y prendre d'une autre manière, à mon tour j'élevai la voix :

—Qui donc es-tu, dis-je, toi dont l'âme compatissante cherche à consoler un étranger? Dis encore quelque chose, que je te distingue et te remercie.

—Qui je suis? reprit alors le même gosier, hélas! un de tes plus petits compagnons, fort peu éclatant de couleur et qui, en effet, ne peut guère être remarqué. Cependant, tourne la tête vers la gauche; dans la troisième cage, en fixant avec attention, tu me verras. On m'appelle Verdier. Si nous ne sommes pas frères, nous sommes bien un peu cousins-germains. Prends courage, nous deviendrons amis, nous nous conterons nos peines; car, quel prisonnier n'en a pas? Cet échange nous fera du bien; d'ici là, il faut patienter. Surtout, ne te montre pas d'un mauvais caractère; cela ne servirait qu'à rendre ton sort beaucoup plus triste; tu resterais enfermé seul, tandis qu'il se peut que, dès ce matin, on te retire de ta cage trop étroite pour te loger avec quelque camarade.

Ces raisons me parurent fort justes. Je me calmai donc, et, reprenant ma tranquillité, j'exprimai à mon ami inconnu le désir que je formais d'être réuni à lui.

Cependant, les maîtres du logis allaient et venaient dans la boutique, s'occupant des soins à donner à chacun de nous. Cela dura très-longtemps avant que tout fût prêt. Enfin, les chiens, les chats, les écureuils, les singes, les perroquets, ces voisins incommodes, qui m'avaient tout d'abord tant épouvanté, furent rangés au dehors, et l'on en vint à penser à moi. C'était une servante, jeune fille de bonne mine, qui eut cette tâche. Elle me regarda peu, me donna de la graine et de l'eau; puis elle allait me raccrocher à ma première place, lorsque, se ravisant :

—Monsieur, dit-elle à son maître, on pour-

rait bien mettre ce serin nouveau avec le verdier qui est seul. Qu'en dites-vous ? Ce serait
moins d'ouvrage.

—Faites comme vous voudrez, lui fut-il répondu.

Et aussitôt elle s'empressa de me placer
dans la cage qu'elle venait de proposer.

Quel ne fut pas alors mon contentement !
Mon souhait était exaucé : j'étais avec mon
ami le verdier.

—Vous le voyez, me dit-il en me faisant les
honneurs du logis, j'avais prévu ce qui allait
arriver. Soyez le bienvenu.

Tout en nous félicitant, nous déjeunâmes.
Ce n'étaient plus les friandises auxquelles j'é-
tais accoutumé ; mais, comme je n'avais pas le
choix, et que mon camarade ne se plaignait
pas, je fis de même. Après ce maigre repas,
heureux de pouvoir encore intéresser quelqu'un, je me mis à raconter mes tristes aven-
tures.

XI

Mon récit terminé :

« Vous vous plaignez à tort, reprit mon au-
diteur ; vos malheurs ne sont pas si grands que
vous vous l'imaginez. Ce qui vous fait croire
que vous êtes fort à plaindre, c'est que jusqu'à
présent vous avez toujours été heureux, et
que vous ignorez ce que c'est que la peine.
Vous regrettez votre maîtresse, vous l'aimiez ;
je le conçois, elle était bonne pour vous ; mais
enfin vous avez encore l'espoir de la revoir,
elle peut venir vous réclamer ; le temps que le
père Lagriffe lui a promis d'attendre est loin
d'être écoulé. Je ne peux que vous répéter :
Prenez courage, et d'ailleurs, s'il vous fallait

renoncer à ce bonheur, votre beauté vous tirera bientôt d'ici ; les avantages physiques sont une fameuse lettre de recommandation parmi les hommes. Vous serez aimable, vous plairez, un temps heureux recommencera pour vous. Que diriez-vous à ma place ? Amené tout jeune dans cette sombre boutique, je n'ai jamais été recherché ni caressé par personne ; enfermé, durant la belle saison, dans cette cage, que vous trouvez si petite et si laide, je ne me plains pas pourtant ; j'attends que mon sort se décide, et que le son de ma voix touche quelque bonne âme. Tous les compagnons qui nous entourent, les jugez-vous plus heureux ? Patience ! nous ne sommes ici que pour un temps ; dès que nous aurons trouvé un maître, notre vie changera et deviendra meilleure, bien certainement.

— Hélas ! soupira doucement d'un ton mélancolique une pauvre petite alouette que je n'avais pas encore remarquée près de nous ; légers et inconséquents oiseaux, vous oubliez qu'on ne peut jamais être heureux sans liberté !

— Je voudrais bien savoir, repris-je, en me tournant vers elle, quel genre de bonheur donne cette liberté que je n'ai jamais connue, et que, depuis que je suis ici, je vous entends tous regretter si vivement. Quelle joie éprouvez-vous donc à avoir, vous, si petite, un espace si considérable pour vous ébattre ? Une grande et belle cage, placée au soleil, bien approvisionnée, n'est-ce pas tout ce qu'il faut ?

— Que dites-vous là, oiseau dénaturé ? Une cage, si belle qu'elle puisse être, n'est-ce pas toujours la captivité ? Pourquoi Dieu vous a-t-il donné vos ailes, si tout votre désir se borne à sautiller sur deux ou trois bâtons dans une prison dorée ? Comparez ce triste plaisir à la douce sensation de planer en chantant dans le plus haut des airs, se suffisant à soi-même, se mirant au soleil ; imaginez, si vous pouvez, l'immense félicité d'avoir une famille dont la voix fait battre le cœur, de la nourrir, de la défendre, de vivre enfin au milieu de cette belle nature parfumée dont vous n'avez eu, pauvres esclaves, pour tout échantillon qu'une pincée d'herbe détachée de sa tige et déjà morte depuis longtemps lorsque vous la goûtez. Hélas ! hélas, ajouta-t-elle, ne reverrai-je donc plus mes champs de blé, mon beau ciel bleu ?

Alors, de tous côtés, s'éleva une lamentation générale ; tous les animaux, autour de nous, rappelés au souvenir de leur malheur, par les paroles de la triste alouette, pleuraient en leurs différents langages leur patrie, leur famille, leur chère indépendance.

Au milieu de cette bruyante désolation, je réfléchissais en silence, me demandant s'il ne me serait pas possible de goûter un jour cette jouissance si précieuse, la liberté, dont j'entendais parler avec cet enthousiasme pour la première fois.

— Si cela est si doux, si attrayant, me disais-je, pourquoi n'essayerai-je pas de me procurer ce bonheur ? Avec un peu d'adresse, il me semble, qu'en guettant l'instant favorable, je parviendrais bien à m'échapper d'ici. Une fois dans l'espace, qui pourrait me rattraper ? Le père Lagriffe, avec son gros ventre, serait fort embarrassé de me suivre. Je ne suis pas plus bête qu'un autre ; puisqu'ils se tiraient tous d'affaire et étaient si heureux, je saurai bien faire comme eux. Si ma chère Agathe ne vient pas me chercher au temps convenu, je mettrai tout mon esprit en œuvre pour me donner cette jouissance que je ne connais pas.

Ce projet une fois arrêté dans ma tête, j'en fis bientôt part à mon ami le verdier.

— Oh! oh! me dit-il, croyez-vous que les choses aillent ainsi, et qu'on se sauve aisément de chez le père Lagriffe? Ici l'on est bien gardé ; nos cages, quoique laides, sont solides ; d'ailleurs, ajouta ce sage philosophe, que ferez-vous dehors? Vous n'êtes pas habitué au travail; personne ne vous apportera à manger et à boire là où vous serez ; il faudra subir l'intempérie des saisons à laquelle vous n'êtes pas fait. Croyez-moi, il faut avoir appris toute chose dans sa jeunesse, et l'usage de la liberté n'est pas si commode qu'on le croirait au premier abord. Le plaisir de faire *ce qu'on veut* me semble bien limité par les nécessités auxquelles on doit être assujetti; sans compter force dangers, peut-être, que nous ne connaissons pas, même de nom !

—Cependant, repartis-je, puisque nos compagnons regrettent avec un tel amour leur premier état. . . .

—C'est que, dans leur jeune âge, ils ont vécu de cette vie industrieuse, que leurs parents les y ont instruits, et que Dieu, en leur donnant l'instinct dont ils avaient besoin, avait pourvu par là à la félicité qu'il répand sur chaque créature. Pour nous, nés ou élevés exceptionnellement dans une cage, nous n'avons aucun de ces secours, et s'en aller en étourdi courir le monde, sans expérience aucune, me paraît une folie insigne.

—Vous avez beau dire, repris-je au bout d'un instant; si ma douce Agathe ne me réclame pas, et qu'il me faille risquer encore les hasards d'une nouvelle condition, j'userai de toutes les ruses pour parvenir à mon but, la liberté.

—Eh bien, Dieu vous garde en ce cas, me répondit le verdier ; car je crains pour vous bien d'autres mauvaises chances.

XII

Le temps s'écoulait lentement. Plein d'inquiétude et d'impatience, je passais toutes mes journées les yeux fixés sur la porte ; si nous étions dehors, je regardais les passants l'un après l'autre avec une attention de jour en jour plus anxieuse. C'était en vain, ma chère et bien-aimée maîtresse ne paraissait pas !

Enfin, un soir; pendant qu'on fermait le magasin, j'entendis le père Lagriffe dire à la jeune fille qui nous soignait.

—A partir de demain, tu pourras vendre ce serin hollandais que je réservais toujours; il paraît que la petite n'a pas trouvé d'argent ; j'ai tenu ma promesse, le mois est passé depuis près d'une semaine. Ainsi, aussitôt que tu trouveras acquéreur, conclus le marché. Voilà assez longtemps qu'il est là, cet oiseau; il faut qu'il fasse place à d'autres.

—Le moment est arrivé, me dis-je alors; puisque je ne peux revoir Agathe, je ne veux plus être à personne. Maintenant ou plus tard, ici ou ailleurs, je me sauverai; je n'ai plus que l'occasion à attendre.

A quelques jours de là, notre cage était exposée à la devanture de la boutique, lorsqu'une dame tenant deux enfants par la main s'arrêta et demanda à acheter un joli serin. Sophie, la fille de service, me présente aussitôt, et se met à vanter avec chaleur ma beauté, mon gai ramage, mon intelligence extraordinaire; ajoutant que, très-bien élevé, je faisais parfaitement le mort dans la main, venais manger dans la bouche et chantais à volonté. La dame, charmée par cette énumération de mes qualités, demande mon prix et me marchande. Pendant ce temps, Sophie me faisait admirer par les enfants.

—Je voudrais le voir de plus près, demanda le petit garçon qui accompagnait la dame; donnez-le-moi dans la main, s'il vous plaît?

— C'est impossible, monsieur, il ne vous

connaît pas , vous le laisseriez s'envoler.

— Oh! que non ! Donnez toujours, vous verrez.

— Si madame votre mère y consent, je le veux bien ; mais alors il sera à elle. »

La dame hésitait; le petit garçon, qui paraissait âgé de cinq ou six ans, se mit à pleurer ; il semblait ne pas être accoutumé à attendre.

—Eh bien! dit la dame, donnez-le-lui, puisqu'il le *veut ;* mais prends bien garde, mon cher enfant, tiens-le bien, et pourtant avec précaution, sans lui faire de mal ; je vais m'occuper maintenant de l'acquisition d'une cage. Elle s'en fit immédiatement montrer plusieurs.

Aussitôt que la petite fille me vit dans la main de son frère, elle voulut me prendre à son tour.

Le jeune garçon de serrer davantage, pour ne pas me lâcher ; sa sœur de s'impatienter, assurant avec colère qu'elle avait le droit de me tenir aussi. Dans ce moment, fatigué et à moitié étouffé au milieu de ce conflit, je pique un peu du bout de mon bec le doigt de l'enfant qui me tenait ; il a peur, entr'ouvre la main comme je m'y attendais, et, avant qu'on ait pu me ressaisir, j'étends mes ailes et je m'envole aussi haut que je puis.

Lorsque je m'arrêtai tout essoufflé d'avoir fourni une si longue carrière, moi qui n'avais jamais que traversé ma cage, je me trouvai assez loin sans doute de chez le père Lagriffe, sur le faîte d'une haute maison. Je ne voyais plus rien que des toits, partout l'espace libre. Quand j'eus repris haleine, me tournant de toutes parts :

— C'est donc cela, me dis-je, la liberté ! Je n'ai plus de maître, plus de prison, je puis aller où bon me semblera sans qu'aucun barreau me retienne; c'est beau cela, vraiment !

Longtemps je restai sur ce toit, allant de ci, de là, selon mon caprice. Enfin, me souvenant de ce qui m'avait été raconté sur la beauté de la nature. — Je voudrais pourtant voir aussi des arbres, ajoutai-je, ils m'en parlaient tous là-bas. Ce doit être plus joli que ces tuiles qui m'entourent.

Et me trouvant suffisamment reposé, je repris mon vol. Vers quel endroit ? Je ne savais. Je désirais seulement voir du pays. Cette fois, je ne me pressais pas ; allant de côté et d'autre, je me promenais, jouissant de mon indépendance.

Bientôt, en continuant mes explorations de maison en maison, j'aperçus, bien plus bas que moi, un bouquet de verdure. J'y descendis bien vite. Des arbres entouraient un bassin rempli d'une eau claire et transparente ; des fleurs parfumées embellissaient ce lieu. Je me crus transporté dans un paradis. Je m'étais promptement posé au milieu d'un superbe marronnier. D'autres oiseaux, des moineaux francs, s'y ébattaient gaiement ; ils se poursuivaient l'un l'autre, jetant de petits cris si joyeux que, sans les connaître, je partageais leur plaisir. Le soleil brillait à travers le feuillage ; j'étais ravi d'admiration. Pour la première fois, un si charmant spectacle se présentait à moi ; j'avais sans doute vu des arbres, mais de loin ; quelle différence ! Et le soleil, ce gai consolateur, ne m'avait jamais échauffé qu'à travers les barreaux de ma cage ; la plus douce partie de ses rayons n'arrivait pas jusqu'à moi. Mon cœur se dilatait d'aise ; pensant alors à mes pauvres compagnons de captivité, combien je comprenais leurs regrets ! Comme je les plaignais ! Mais aussi comme je prenais en pitié la prévoyante sagesse de mon ami le verdier.

Tout à coup, au milieu de cet état de bien-être, un grand bruit de voix se fait entendre ; je baisse la tête vers la terre. Que vois-je ? une quantité de monde était amassée sous l'arbre sur lequel je m'étais perché.

— Un serin ! criait-on, un serin ! Il faut le prendre.

Un jeune garçon lançait en l'air sa casquette, un autre me jetait une pierre; tout cela ne m'effrayait pas, je me croyais à l'abri de leurs coups. — Attendez, attendez ! je vais grimper sur l'arbre, puisqu'il ne veut pas descendre, reprend un des spectateurs ; et, ôtant sa blouse, il se dispose à monter.

— Vous comptez sans ma volonté, dis-je en moi-même; je suis libre et ne veux pas me laisser emprisonner de nouveau.

Me confiant alors encore une fois à mes ailes, je regagnai aussitôt le toit hospitalier que j'avais quitté quelques heures auparavant; là, me félicitant de m'être si habilement soustrait à ces gens mal intentionnés, je me plaçai à l'abri du vent afin de me reposer, car j'étais très-las et ma course venait de m'échauffer beaucoup. J'avais, en peu de temps, fait un chemin immense pour un pauvre reclus. Mon cœur battait très-fort, je pouvais à peine respirer.

Autour de moi voletaient des pierrots, sans

doute ceux qui jouaient tout à l'heure en bas dans le marronnier. Ils me regardaient d'un air curieux, semblant me demander qui j'étais, d'où je venais, ce que je voulais avec mon plumage éclatant et mon air délicat. Enhardi par leur mine familière, je m'adressai à l'un d'eux :

— Camarade, dis-je, vous me voyez bien heureux de me trouver parmi vous, partageant votre liberté. Ce beau soleil et cet air pur inspirent la joie. Cependant, je vous serais bien obligé si vous vouliez bien m'indiquer l'endroit où je pourrais trouver de l'eau pour me désaltérer ; j'en ai bien vu ici en bas qui me tente fort, mais je n'ose y descendre, des gens me guettent et voudraient me prendre, pour me remettre en cage ; or, je veux rester indépendant comme vous.

Le moineau, plein de son importance, se rengorgea à ces mots :

— Patience, me dit-il. Si tu veux être libre, il faut apprendre à supporter les privations. On n'a pas tout à souhait dans notre vie d'aventure : il faut chercher pour trouver. Cependant tu es heureux : voilà de l'eau dans la gouttière.

— Cette eau sale ?

—Comment ! sale ? Petit dégoûté, reprit-il indigné ; il a plu ce matin. Tu n'en trouveras pas souvent d'aussi claire dans Paris.

—J'aime mieux m'en passer alors, repartis-je. Je boirai plus tard dans ce bassin, quand les promeneurs seront fatigués de m'attendre.

Les moineaux se mirent à se moquer de ma délicatesse et me laissèrent bientôt, me souhaitant bonne chance.

Sauf ma soif inassouvie, j'éprouvais un grand bien-être. Jouissant voluptueusement d'un repos complet de corps et d'esprit ; posé tantôt sur une patte et tantôt sur l'autre, aux trois quarts endormi ; ne me réveillant de temps en temps que pour secouer mes plumes avec délice, faisant circuler entre elles ce grand air qui m'enivrait si doucement.

Cet état de béatitude fut troublé tout à coup. Les moineaux, hôtes habituels de ces lieux élevés, s'envolèrent tous ensemble avec précipitation et frayeur. Étonné, je dresse la tête ; car, en partant à tire-d'aile, celui auquel d'abord je m'étais adressé m'avait jeté ce cri d'alarme : « *Prenez-garde !* » éprouvant probablement un peu d'intérêt pour mon inexpérience trop visible. Tout effaré alors, je me retourne, et j'aperçois à quelques pas de

6

moi..... un gros animal noir et velu, s'avan-
çant doucement... doucement, le nez au vent.
Il passait sa langue rose sur ses moustaches
d'un air réjoui et pénétré, montrant ses dents
blanches et aiguës. A cette vue, me voici tout
tremblant. Je connaissais de réputation le
danger de rencontrer cet ennemi cruel de tous
les pauvres oiseaux ; mais, autrefois, j'étais
protégé par les barreaux de ma cage et par
mes maîtres; je le craignais peu. Aujourd'hui,
j'avais tout à redouter. Me cacher me semblait
impossible. Je voyais déjà le chat se ramasser
sur lui-même, afin de se mieux élancer vers
moi, lorsque reprenant courage, j'eus encore
recours à mes ailes, qui, quoique bien fatiguées, m'élevèrent cependant dans l'air assez
à temps pour l'éviter. Il ne put saisir que quelques plumes. Son œil flamboyant me dit sa
colère, et j'allai, tout craintif, me poser plus
loin, espérant dissimuler ma chétive personne
sur le sommet d'une cheminée. Hélas! c'était
en vain : la bête maudite me poursuivait avec
acharnement. Plus mort que vif, et me voyant
perdu, je m'élance de nouveau, et, dans mon
épouvante, je m'abats sur un balcon un étage
plus bas. Je m'exposais à être pris; mais, dans
ce moment, je craignais moins la main de

l'homme que la griffe du chat. J'espérais avoir dépisté mon ennemi, et, blotti en un coin, me faisant si petit qu'il me semblait qu'on ne devait plus m'apercevoir, j'essayais de respirer; car ma course précipitée, jointe à la terreur que j'éprouvais, m'avait presque ôté l'usage de mes sens. Depuis deux minutes je me croyais sauvé, lorsque, levant la tête pour mieux m'en convaincre, mes yeux épouvantés rencontrèrent les regards fascinateurs du terrible chat noir. Il était là, placé sur l'appui du balcon où il m'avait suivi. C'en était fait de moi; je n'avais plus de force. Il venait à petits pas, et je ne pouvais remuer..... Enfin, sûr de sa proie, il s'élance et va me saisir. En cet instant suprême, au moment d'être atteint, un effroi instinctif me fait jeter un cri de détresse; je cherche à me débattre pour retarder encore ma triste fin de quelques secondes, lorsque la porte du balcon s'ouvre! Le chat se sauve précipitamment à ce bruit, et je tombe inanimé.

On me ramasse, on me réchauffe, on me soigne. Après un instant, rouvrant les yeux, je me trouve dans une grande pièce, entouré de plusieurs personnes parlant toutes à la fois. Je ne voyais pas encore bien; mais, à mesure que la connaissance me revenait, il me semblait

que ces voix qui frappaient mon oreille ne m'é-
taient pas étrangères. En effet, lorsque je fus
complétement revenu à moi, quelle surprise
m'était réservée : je reposais dans les mains
de Juliette! C'était Lucien, son frère, qui
venait de me sauver la vie, attiré au balcon par le cri d'angoisse que m'avait arraché
ce que je pensais être mon dernier instant.

Et Juliette me baisait, me caressait, s'em-
pressait de me donner tout ce qu'elle pensait
pouvoir me faire plaisir.

Ils étaient venus tous deux passer la journée
chez une amie de leur mère, et leur présence
m'avait sauvé. Quelle joie était la mienne! Juliette, qui m'avait immédiatement reconnu,
était presque aussi heureuse que moi.

On voulut savoir mon histoire, et, sauf quelques particularités la concernant personnelle-
ment, je dois dire qu'elle la raconta avec beaucoup de vérité et de cœur, parlant de ma chère
Agathe avec les éloges qu'elle méritait.

—Et qu'est-elle devenue, cette charmante
enfant? lui demanda-t-on de toutes parts.

—Mes parents ont pourvu à tout ce qui
était nécessaire aussitôt notre retour d'Italie,
ajouta-t-elle. Logées toutes deux près de chez
nous, Agathe et sa mère ne manquent plus de

rien. La pauvre malade est bien soignée, et sa fille a tout son temps pour se livrer au travail. L'argent qu'on lui devait a été payé, et, comme l'ouvrage lui est venu en abondance, elles sont aussi heureuses que possible. Nous espérons même que la tranquillité et les bons soins parviendront, malgré la prévision du médecin, à rétablir cette digne mère Courtois, que nous aimons tous.

—Comme elle a dû avoir encore du chagrin, cette pauvre Agathe, de ne plus retrouver son oiseau alors qu'elle est allée pour le chercher chez le marchand; car elle y est allée, n'est-ce pas? dit près de moi une petite fille de la maison.

—Oh! oui, je vous assure. Elle est arrivée le réclamer juste à l'instant où il venait de s'envoler. Sa douleur a été bien grande. C'est inutilement qu'on a cherché partout; on a vainement essayé de le rattraper, toutes les peines ont été inutiles : il était parti par-dessus les toits, et c'est un bien grand bonheur qu'il soit venu s'abattre par ici. Le marchand s'excusait d'avoir voulu le vendre; cependant il n'y avait aucun reproche à lui faire : c'était Agathe qui arrivait trop tard. La pauvre fille n'en voulait à personne; mais les pleurs coulaient de ses yeux avec tant d'abondance que chacun compatissait à son chagrin. Heureusement, voilà de quoi lui rendre toute sa gaieté. Nous allons lui rapporter son cher serin, et je pense qu'ils vont être aussi ravis l'un que l'autre; car vous ne sauriez imaginer l'attachement de ce petit oiseau pour sa maîtresse.

Lucien, comme mon sauveur, réclama le plaisir de me ramener à ma bien - aimée Agathe, ce qu'il fit dans la soirée même.

Que vous dire à présent, cher lecteur? Le bonheur se raconte mal. Le mien est maintenant aussi parfait que j'ai pu le désirer. Ce que j'ai entrevu de la liberté ne me tente plus; je laisse l'ambition de l'indépendance à de plus grands et de plus habiles que moi. Je conviens que mon ami le verdier avait raison : ce n'est pas le tout que d'avoir la liberté, il faut savoir en user avec discernement et sagesse. Pour moi, maintenant, tout mon espoir est de vivre et de mourir sans jamais quitter celle que j'aime davantage de jour en jour. J'ai repris possession de ma jolie cage, revernie et redorée à neuf.

On me promet deux compagnons, un char-
donneret et une linotte, qu'une amie d'Agathe
lui avait proposés pour la consoler de mon absence; mais qu'elle refusa, parce que rien ne
pouvait prendre ma place près d'elle. Aujourd'hui que la situation n'est plus du tout la
même, elle veut bien accepter ces nouveaux
hôtes qui plaisent infiniment à sa mère.

Je suis tout disposé à les bien recevoir et à
leur faire les honneurs de notre gentille demeure ; car je compte entièrement sur l'affection de ma maîtresse, et n'ai rien dans le cœur
de ce vilain sentiment qu'on nomme jalousie.

FIN.

www.ingramcontent.com/pod-product-compliance
Lightning Source LLC
LaVergne TN
LVHW050057060726
842524LV00003B/814